PAFÚNCIO
UM SUPER-HERÓI COM PODERES PARA VIAJAR NO TEMPO

Editora Appris Ltda.
1.ª Edição - Copyright© 2025 do autor
Direitos de Edição Reservados à Editora Appris Ltda.

Nenhuma parte desta obra poderá ser utilizada indevidamente, sem estar de acordo com a Lei nº 9.610/98. Se incorreções forem encontradas, serão de exclusiva responsabilidade de seus organizadores. Foi realizado o Depósito Legal na Fundação Biblioteca Nacional, de acordo com as Leis nᵒˢ 10.994, de 14/12/2004, e 12.192, de 14/01/2010.

Catalogação na Fonte
Elaborado por: Dayanne Leal Souza
Bibliotecária CRB 9/2162

V658p
2025
	Vieira, Ageu
	   Pafúncio: um super-herói com poderes para viajar no tempo / Ageu Vieira. – 1. ed. – Curitiba: Appris, 2025.
	   151 p. ; 21 cm.
	
	   ISBN 978-65-250-7104-6
	
	   1. Aventura. 2. Diversão. 3. Bom humor. I. Vieira, Ageu. II. Título.
	
	                                                                                                                                                      CDD – B869.93

Livro de acordo com a normalização técnica da ABNT

Appris editora

Editora e Livraria Appris Ltda.
Av. Manoel Ribas, 2265 – Mercês
Curitiba/PR – CEP: 80810-002
Tel. (41) 3156-4731
www.editoraappris.com.br

Printed in Brazil
Impresso no Brasil

AGEU VIEIRA

PAFÚNCIO
UM SUPER-HERÓI COM PODERES
PARA VIAJAR NO TEMPO

artêra
editorial

CURITIBA, PR
2025

FICHA TÉCNICA

EDITORIAL	Augusto V. de A. Coelho
	Sara C. de Andrade Coelho
COMITÊ EDITORIAL	Marli Caetano
	Andréa Barbosa Gouveia (UFPR)
	Edmeire C. Pereira (UFPR)
	Iraneide da Silva (UFC)
	Jacques de Lima Ferreira (UP)
SUPERVISORA EDITORIAL	Renata C. Lopes
PRODUÇÃO EDITORIAL	Bruna Holmen
REVISÃO	J. Vanderlei
DIAGRAMAÇÃO	Bruno Ferreira Nascimento
CAPA	Mariana Brito
ILUSTRAÇÕES	Jaine Gatelli
REVISÃO DE PROVA	Sabrina Costa

AGRADECIMENTOS

Esta obra é dedicada a pessoas especiais, como os escritores Elino da Silva, Vanderleia Brandenburg, Cleuza Lazarotto e Marili Leão, que além de escrever livros também é mestre em contação de histórias.

APRESENTAÇÃO

As histórias e aventuras do Pafúncio foram concebidas como uma grande brincadeira, especialmente direcionadas para os amigos, nas redes sociais. É uma forma lúdica de brincar com textos e memórias, do passado recente ou distante, de histórias verdadeiras e causos. De fatos verdadeiros e invencionices deslavadas. Tudo num ritmo bem leve, de bate-papo em rodas de chimarrão, de histórias repassadas por antepassados.

Os textos remetem à memória de uma região do Planalto Gaúcho e do Oeste de Santa Catarina. Em alguns textos, são fatos vividos pelo autor ou pessoas próximas, com a preservação de nomes, através do uso de fictícios ou pseudônimos, evitando situações desagradáveis para personagens ou instituições.

As ilustrações foram desenvolvidas pela artista plástica catarinense Jaine Gatelli, que participou de um concurso anual de ilustrações desenvolvido pelo Lions Club International e ficou entre as 16 melhores do mundo.

A escritora e pedagoga Vanderleia Brandenburg, autora de livros infantis, foi a responsável pelo Copydesk, fazendo uma triagem de termos inadequados para o público a que se destina a obra.

As histórias e aventuras do Pafúncio são conversas e causos de um alter ego (um "eu" alternativo), que percorrem o tempo, desde a Revolução Farroupilha, em 1835 a fatos registrados em 2013.

Uma grande diversão, com a possibilidade de colorir as ilustrações.

Boa leitura.

SUMÁRIO

CAP. 1
PAFÚNCIO E O GALO SEM CABEÇA 13

CAP. 2
PAFÚNCIO E A ESTABACADA DO LEBLON 19

CAP. 3
PAFÚNCIO E O ROUBO DOS JACUS 23

CAP. 4
PAFÚNCIO NA PELEIA DA 1ª COLUNA 30

CAP. 5
PAFÚNCIO E A PERUA INVOCADA DE PASSO FUNDO 36

CAP. 6
PAFÚNCIO E A REVOLUÇÃO DOS HORMÔNIOS 41

CAP. 7
PAFÚNCIO E A ESCRAVATURA 47

CAP. 8
PAFÚNCIO E O DESFILE DE SETE DE SETEMBRO 51

CAP. 9
PAFÚNCIO E A OVADA NA MADRUGADA 57

CAP. 10
PAFÚNCIO E O CORAÇÃO DO SANTO 63

CAP. 11
O BOMBARDEIO DOS CASTELHANOS 67

CAP. 12
PAFÚNCIO E O VERÃO CALORENTO DE 1981 73

CAP. 13
TININHAS EM FUGA PELAS RUAS DA CIDADE 77

CAP. 14
PAFÚNCIO E AS MENINAS QUE GOSTAVAM DA IGREJA 81

CAP. 15
E NÃO É QUE O PAFÚNCIO DESBICOU A ESMERALDA? 87

CAP. 16
PAFÚNCIO E A PERNA MECÂNICA 92

CAP. 17
UM CASO DE AMOR COM A BICICLETA 98

CAP. 18
PAFÚNCIO ROUBOU UMA MULHER CASADA 104

CAP. 19
O GALO MISSIONEIRO FICOU TRAVADO 111

CAP. 20
PAFÚNCIO E A ESTIAGEM DOS ANOS 40 118

CAP. 21
PAFÚNCIO E A LARANJEIRA NA VERA CRUZ................124

CAP. 22
BOMBA NO CECY E A LEI DE SEGURANÇA NACIONAL................130

CAP. 23
PAFÚNCIO, A CHUVA E A IGREJA DE SÃO MIGUEL................135

CAP. 25
SERÁ QUE O PAFÚNCIO TEM MEDO DE VISAGEM?................141

CAP. 26
PAFÚNCIO E O MOTORISTA MALUCO................146

Cap. 1
PAFÚNCIO E O GALO SEM CABEÇA

Há muitos anos, mais de 50, o Pafúncio era criança, em Passo Fundo, e morava com os pais numa chácara, onde se produzia frango para abastecer a famosa Churrascaria Gaúcha, no centro da cidade.

A família era pequena. Tinha a mãe, o pai, e suas duas irmãs.

Uma das irmãs, hoje advogada importante em Passo Fundo, tinha quatro anos. O Pafúncio, do alto de seus seis anos, dava o exemplo nas atividades domésticas e puxava as brincadeiras.

Uma das brincadeiras mais divertidas era a irmã sentar sobre o pano de lã e o Pafúncio puxar para lustrar o assoalho, que tinha sido cuidadosamente encerado pela mãe.

O casal se esmerava nas atividades de plantio de hortas e lavouras e no cuidado das aves, num aviário de madeira, onde a energia elétrica era abastecida por baterias. O aviário também servia de local de brincadeira para as crianças. Tudo era diversão. Colocar ração nos comedouros era divertido. Água nos bebedouros? Também! Correr entre as gaiolas de frango ou brincar de esconde-esconde, era tudo passatempo.

De vez em quando, o pai e a mãe levavam as crianças para acompanhar as atividades, uma forma de tê-los por perto. Mas ficar quieto, enquanto os adultos trabalhavam era enfadonho. E os pequenos reclamavam, inclusive o Pafúncio.

Quando as crianças ficavam muito agitadas ou reclamonas, os pais costumavam usar algumas figuras assustadoras, como a vinda do velho do saco, ou da Maria Queixuda, uma mendiga famosa em Passo Fundo, que tinha um queixo muito grande e andava com um saco de ráfia nas costas, onde carregava as bugigangas que ganhava pelo caminho.

No imaginário das crianças, o que havia no saco eram meninos e meninas malcriadas, que não se comportavam e não obedeciam aos mais velhos. Uma aprontada e o aviso estava na ponta da língua: "olha que a Maria Queixuda vem te pegar!".

Nessa época, matar uma galinha ou um galo não era uma atividade com todas as exigências sanitárias de hoje.

Se matava uma ave em casa mesmo, depenava-se numa bacia com água quente, o bicho levava um banho de fogo para queimar as penugens que sobravam e era limpo na pia mesmo, com a retirada de todos os miúdos. O sangue, as penas e o que sobrava era enterrado para virar adubo.

Num sábado pela manhã, que era dia de abater as aves para levar para a churrascaria, o pai e a mãe levaram os dois mais velhos – Pafúncio e a irmã, já que a menor era criança de colo e ainda ficava no berço.

O abate era feito numa cerca de arame, perto da casa, onde as aves eram amarradas pelos pés e o pai ia cortando os pescoços, um a um, com uma faca afiada, enquanto as crianças observavam com muita atenção e redobrada curiosidade. Se afastavam assustadas enquanto as aves se debatiam, sangrando até a morte, penduradas na cerca.

A mãe, em casa, fervia água para depenar as aves.

Nesse dia, o pai resolveu deixar Pafúncio abater um galo, que seria o almoço de domingo para a família.

O Pafúncio se aproximou, cheio de coragem, pronto para o seu primeiro abate, e a irmã, curiosa, com as mãozinhas nas costas, chegou bem perto para ver como seria essa experiência incrível do maninho matando o galo. O bicho era enorme. Ou, pelo menos, parecia.

O pai explicou tudo direitinho para a atenta dupla. Tem que pegar a cabeça do galo e cortar a garganta do bicho, para deixar escorrer o sangue. Fácil! Alguma dúvida? Não, fez o Pafúncio balançando a cabeça. A irmã menor, lascou: também quero matar um galo!

— Calma que agora é a vez do Pafúncio.

Tudo entendido, chegou a hora da ação. Pafúncio pegou a cabeça do galo com a mão esquerda, a faca com a direita e se preparou para fazer o corte mortal. Na hora de abater o animal, o pai não tinha explicado a quantidade de força que o menino deveria exercer.

Quando Pafúncio passou a faca, o fez com muita força. Resultado: ficou com a cabeça do galo numa mão e a faca ensanguentada na outra! Para piorar ainda mais a cena terrível, ao debater-se, o galo soltou as pernas que estavam amarradas na cerca e caiu se debatendo, no meio das duas crianças!

Para os dois, parecia que o galo caiu no chão e saiu correndo em direção a eles! Sim! Correndo e sem cabeça! Os dois, esbaforidos, aterrorizados, saíram correndo em direção à casa. Pafúncio só lembra que deixou a faca cair e saiu correndo, seguido pela irmã.

Desse dia em diante, Pafúncio e sua irmã nunca mais quiseram se aproximar para ver o abate de frangos ou galinhas. E quando aprontavam, os pais não ameaçavam mais com a vinda da Maria Queixuda. Tinha algo muito, mas muito mais assustador: olha que o galo sem cabeça vem te pegar!!!!

Cap. 2

PAFÚNCIO E A ESTABACADA DO LEBLON

Era setembro de 2013, acontecia no Rio de Janeiro mais uma edição do Rock in Rio e o Pafúncio concordou em levar os filhos e aproveitar para tirar uns dias de férias. Contratou um hotel mixuruca ali no Vidigal, embarcou no avião em Porto Alegre, carro no estacionamento do aeroporto, e foram todos felizes para as férias em Copacabana, Leme, Ipanema, Leblon, que afinal ninguém é de ferro.

O Pafúncio, que já tinha andado de avião, estava todo chola, explicando as novidades para a turminha que encarava uma viagem aérea pela primeira vez. Uma turbulência na serra e a cara de assustado de um deles virou a diversão, até a passagem do serviço de bordo, com os lanchinhos de praxe.

No Rio, a primeira coisa que impressionou foi o taxista, que parecia querer aparecer para os passageiros, fazendo manobras arriscadas no trajeto do aeroporto Tom Jobim até o hotel. Pafúncio, calmamente, explicava que os taxistas eram todos meio loucos no trânsito carioca e que aquelas barbeiragens eram normais.

Instalados, cada um no seu quarto, era hora de curtir as belezas do Rio de Janeiro. Em Copacabana, as barraquinhas da orla, com samba improvisado nas mesas, em busca de uns trocados, cerveja gelada, um lanchinho para saciar a fome, aquelas coisas de férias na praia.

O tempo foi passando ao largo e a turma, já com o ingresso no bolso, só esperava chegar a hora de ir para a "Cidade do Rock", onde aconteceria o Rock in Rio, e que ficava muito, mas muito longe. Eram mais de 20 quilômetros de onde a animada turminha do Pafúncio resolveu passar a tarde, já lá para os lados do Leblon.

À noite, teria show do Red Hot Chili Peppers, que era a banda preferida da maioria e a ansiedade era grande entre a garotada. Só falavam disso, as conversas eram uma balbúrdia, uns diziam que a melhor música era Californication, outros que era Otherside, o entusiasmo tomava conta e o tempo ia passando.

Já pelas cinco da tarde, concluíram que era chegada a hora de ir para o local do show. Pafúncio, que só iria no show do dia seguinte, resolveu acompanhar os garotos na tentativa de conseguir transporte. Os ônibus com a indicação de Rock in Rio passavam lotados e não paravam. Mas eram muitos ônibus. Um atrás do outro. E ninguém parava. Resolveram tentar com as vans. A mesma coisa. Ninguém parava.

Já preocupados, começaram a apelar para os taxistas. Aqueles mesmos, malucos que barbarizavam no trânsito. Um deles parou. Todos correram, mas deram com os burros n'água. O taxista explicou que táxi não podia chegar na Cidade do Rock. Só podiam ir até cinco quilômetros da entrada. Tinha que ser de van ou de ônibus.

A informação levou a turma ao desespero. E agora? Com o ingresso nas mãos e não tinha como chegar no local do show? Um dos garotos estava quase chorando. Passou meses contando os dias para chegar a hora de ver o show. Agora, estava a vinte quilômetros do local, com o ingresso nas mãos e não tinha como realizar esse sonho.

Pafúncio, agoniado, não sabia mais o que fazer. Tentava parar qualquer ônibus com placa do Rock in Rio. Teve a ideia de separar a turma, para que cada um parasse um ônibus. O primeiro que conseguisse, todos correriam para embarcar. E assim foi feito. Passaram mais 452 ônibus e nenhum parava. E nem o tempo parava. Parece que corria.

A certa altura, todos em completo desespero, alguém conseguiu fazer parar um ônibus. Todos saíram correndo e o Pafúncio também. De bermudas e chinelos de dedo. Só para conferir se todos conseguiriam embarcar.

O problema é que com a pressa, estabanado, Pafúncio enroscou o chinelo numa daquelas bocas de lobo da Telerj, no meio da calçada, voou parecendo em câmera lenta e se estatelou no chão, pavimentado com aquelas pedrinhas portuguesas. Ralou-se todo, mas só queria ver se todos conseguiriam entrar no ônibus. Entraram. Quando o ônibus passou por ele, levantou-se, para verificar os estragos. A estabacada foi grande. Os dois joelhos miseravelmente ralados, os dois cotovelos ralados, o pulso todo esfolado.

Pafúncio não sabia se chorava de dor, se ria compulsivamente, ou se fazia as duas coisas, mas decidiu voltar para o hotel andando pela praia, junto com a namorada. Manquitolando, todo esfolado, mas feliz, pois a garotada iria sim assistir ao show.

No final, tudo virou piada. Afinal de contas, o Pafúncio se estabacou todo, mas não foi uma estabacada qualquer. Você conhece alguém que tenha se estabacado como ele no Leblon?

Cap. 3

PAFÚNCIO E O ROUBO DOS JACUS

Piá, confusão e aprontadas são sinônimos e na adolescência do Pafúncio não foi diferente.

Ainda morando em Passo Fundo, nos anos 60, era comum a piazada colocar gaiolas com arapucas para pegar passarinhos. Colocava-se um Pintassilgo ou Canário cantador, numa gaiola, painço na arapuca, do lado, e pendurava-se nas cercas, na beira da estrada, à espera dos pássaros. No final da tarde, o dono da gaiola ia recolher e verificar se tinha conseguido capturar mais algum.

Não o Pafúncio.

Ele saia pelas ruas do bairro, na época ainda formado por pequenas chácaras e sítios, e ia abrindo as portinholas das gaiolas e soltando os pássaros.

Os donos, no final da tarde, só encontravam as gaiolas.

Nos dias em que o tempo ficava feio e anunciava que vinha chuva, o Pafúncio sabia primeiro pelas saracuras, que começavam a cantoria na beira do mato, no final da tarde. Não tinha erro. À noite era chuva certa.

Os sabiás, nas laranjeiras, faziam uma tagarelice sem fim, para deleite do Pafúncio e de qualquer um que apreciasse a natureza.

E os Bem-te-vis?

Existe pássaro mais bonito e de canto mais diferente do que o Bem-te-vi?

Na esquina, perto da casa do Pafúncio, tinha uma Aroeira, onde casais de Curruíras costumavam aparecer para comer. Diziam que era pecado caçar Curruíras porque elas comiam cobras.

— Mas te falo, Leocir... quem chegava perto da Aroeira?

Não sei se o Pafúncio tinha medo até de falar de cobras, se era do pé de Aroeira, se era para não importunar as Curruíras, sei lá.

A verdade é que o Pafúncio sempre teve medo de cobras e sempre gostou da natureza.

Teve uma época que o pai do Pafúncio contratou uma pessoa que a gente chamava de mudo, mas ele não era mudo. Ele tinha dificuldade para falar e fazia pequenos serviços, como roçadas e capinas.

Nos fundos da chácara tinha um capoeirão que ninguém ia até lá.

O Miro - este era o nome do mudo -, pegou ferramentas e lá se foi limpar o terreno.

Lá pelas tantas, começou um gritedo:

— Seu Manoel, seu Manoel (era assim que ele chamava o pai do Pafúncio). Não deta as quianta vim aqui que tem coga... — E com a foice saiu batendo nas cobras e pulando no meio do capoeiral. Parecia uma dança maluca.

Desse dia em diante, o Pafúncio deixou de se aproximar dos fundos da chácara.

A verdade é que cobra era o pavor do Pafúncio.

Uma certa vez, uma novilha fugiu e se embrenhou nuns matos que tinha perto de uma sanga de cerca de meio metro de profundidade, por onde escoava o esgoto da antiga fábrica da cerveja de Passo Fundo.

Nos matos tinha carreiros estreitos que, às vezes, acompanhavam o leito da sanga fedorenta. A novilha, danada, começou a correr nesses carreiros e o Pafúncio tinha que seguir correndo atrás, senão ela se perdia.

    Nessa correria pelo mato, num determinado momento, Pafúncio vinha em desabalada corrida pelo carreiro quando deu de cara com uma cobra grande, certamente já brava pela passagem da novilha. Sem poder parar, o Pafúncio só teve uma saída. Aproveitar o embalo e pular na sanga.

Saiu dali sem a novilha, todo molhado e fedendo o esgoto de cerveja. E brabo, lógico, mas salvo da cobra.

Já em São Miguel do Oeste, morava perto da casa do padre. E o religioso tinha um casal de Jacus, que criava como se fossem galinhas ou patos. Como animais domésticos.

Os piás, junto com o Pafúncio, costumavam aprontar para o padre. Batiam na porta e corriam se esconder atrás do muro. Ele saia e ficava brabo com a brincadeira da piazada. Xingava, pegava um cabo de vassoura e prometia dar uma lição nos arteiros. Uma vez, inclusive, saiu com uma espingarda na mão.

Um dia, Pafúncio e os amigos passaram dos limites.

Eles decidiram roubar os Jacus do padre.

Dito e feito.

Foram até a casa do religioso e, na mão grande, carregaram as aves. Esconderam os bichos no porão da casa do Pafúncio e esperaram para ver o que acontecia.

O padre logo percebeu a ausência dos Jacus. Chama daqui, chama dali, e nada do casal aparecer. Nem com milho jogado no terreiro conseguiu localizar as aves.

Os meninos apareceram perto da casa do padre para ver o que acontecia e ele perguntou se tinham visto os Jacus. Os pestinhas, na maior cara de inocência, disseram que não.

Que pecado.

É por isso que piá e pecado andam juntos. Não adianta nem ir à igreja todo domingo. Durante a semana inteira eles passam fazendo arte e cometendo deslizes.

O pior foi depois. Os Jacus viraram brodo.

Cap. 4

PAFÚNCIO NA PELEIA DA 1ª COLUNA

Já te contei este causo? Não ainda? Então termina de cevar esse mate que eu já vô proseando.

Senta aí, Pafúncio, e me desmente se não for a pura verdade.

Ia pelo fim do ano de 1839, quando o governo imperial monarquista andou levando uns laços dos farroupilhas e preparou uma ofensiva mais pesada.

De um lado, desembarcou a marinha na Laguna e conseguiu botar as tropas de Garibaldi e Anita pra correr, lá pros campos de Lages, onde recebia ajuda dos fazendeiros.

Do outro lado, estacionou a 1ª Coluna Paulista, comandada pelo brigadeiro Arthur Cesar Bencatel, e a 2ª Coluna, pelo general francês Pierre Labatut, que peleou nas guerras da independência da Venezuela e do Perú.

A ordem era esperar no Porto de Paranaguá e depois seguir até Rio Negro, antes de partir para a província de São Pedro do Rio Grande do Sul.

O comandante Bencatel, buscando fama, chegou antes em Rio Negro e se bandeou para os lados de Lages, já sabendo que os farroupilhas tinham voltado pro Rio Grande.

E o que tem o Pafúncio com esse causo? Calma. Já chego lá.

Como eu disse, o brigadeiro Bencatel, talvez meio enciumado porque o império contratou o Labatut – um conhecido mercenário nas guerras latino-americanas – resolveu não esperar a segunda coluna e partiu solito para a peleia.

Reuniu seus mil e 500 homens do lado de lá do Rio Pelotas e mandou dois batedores para ver se encontravam pistas dos farroupilhas, se não me engano, no dia 14 de novembro.

O Pafúncio, nessa época, morava ali pros lados de Campo do Meio, onde tinha uma caboclada, como os Xavier da Cruz, os Rodrigues, os Anhaia, os Camargo, e um ou outro bugre, que caçava e colhia pinhão na mataria.

Quase todo mundo era a favor dos farrapos e até ajudava na busca de alguma vacaria, criada solta, mais pros lados do Mato Português, para fazer churrasco para tropa.

Lá por perto de Caseros, o Pafúncio seguia com uns 30 companheiros, quando encontrou os batedores do brigadeiro Bencatel. Gaiato e mais ligeiro do que prenda correntina, o Pafúncio contou uma lorota pros batedores.

Disse que o Exército do Garibaldi estava estacionado nuns capões perto do Passo de Santa Vitória, onde tinha o posto de cobrança de impostos dos tropeiros. Que tinha uns 200 homens, estropiados da fuga da Laguna, que queriam se entregar.

Era a mais deslavada mentira.

O Pafúncio não entrega, mas eu acho que isso era ordem do comando para enganar os monarquistas. Eram mais de 800 homens e ninguém queria se entregar. Tô certo ou tô errado, Pafúncio? Você é um enrolador.

A verdade é que os batedores engoliram a mentira, levaram pro comandante e o brigadeiro Bencatel decidiu atravessar o Rio Pelotas. Nem meia légua depois, viu a junção de uns 200 homens, parados, a cavalo, numa coxilha.

Esperando a deserção, Bencatel mandou a tropa seguir em direção da coxilha, enquanto os farrapos ficavam parados.

Era uma armadilha, para atrair a Coluna Paulista, pois os rebeldes haviam cautelosamente ocultado a sua maior força nas imediações do Capão Ralo.

A distância foi encurtando e os farroupilhas parados. Quando já estavam bem perto, o Coronel Henrique Severo, à frente do grupamento constituído de escravos libertos, partiu pra cima da Divisão Paulista.

Quando a peleia começou, duas colunas de rebeldes avançaram, uma de cada lado, deixando Bencatel e os monarquistas com uma única saída, de volta para o Rio Pelotas.

O brigadeiro enganado por informações distorcidas, obtidas do Pafúncio, foi surpreendido, em 15 de dezembro de 1839, pelo coronel Henrique Severo, que com os seus Lanceiros Negros, à frente da cavalaria, dividiu a tropa legalista e, após um combate feroz, derrotou o brigadeiro, que foi ferido e tentou cruzar o Rio Pelotas a nado, mas morreu afogado.

O brigadeiro Bencatel tinha sido iludido pelo Pafúncio que, manhoso, o fez crer ter fugido da força rebelde, que contaria tão somente com 200 homens, velhos e meninos, todos mal armados, dos quais uma grande parte se achava disposta a passar para o lado imperial.

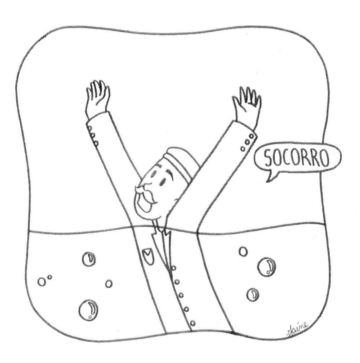

Bencatel ganhou fama de precipitado, e morreu quando, baleado, tentava fugir atravessando o Rio Pelotas a nado.

E o Pafúncio? Voltou o Campo do Meio, onde lá pelo ano de 1854, chegou o alferes Manoel Nunes Vieira, meu trisavô, comprou terras e deixou o Narolino, seu escravo, construir um ranchinho perto da casa do Pafúncio em Santo Antônio dos Pobres.

Mas isso já é outro causo, que te conto amanhã, depois de uma cevada nova de mate, que esse aqui já tá lavado.

Cada estória desse Pafúncio!

Cap. 5

PAFÚNCIO E A PERUA INVOCADA DE PASSO FUNDO

No final dos anos 70, Pafúncio era um cara maneiro. O mundo vivia a Era Pós-Hippie e a chegada da Era das Discotecas.

Nas redes de televisão, famosas atrizes barbarizavam remexendo o corpo na novela Dancing Days. Em Passo Fundo, tinha alguns points que eram obrigação da galera nos finais de semana, tipo cartão-ponto, entende?

Era tempo da Cacimba, uma megaboate na Avenida Brasil, na Vila Petrópolis, tempo de Saturday Night Fevers nos cinemas e nas pistas, de roupa descolada, de cabelo comprido, de rolê pelas ruas da cidade, normalmente na Moron, na General Netto ou qualquer cantinho ao redor da praça Marechal Floriano.

No Clube Recreativo Juvenil tinha uma boate que bombava.

Tinha até concursos de dança, onde casais se desmanchavam na pista para ganhar o prêmio de dançarinos da noite, concorrendo, quase sempre a algumas garrafas de cerveja ou uns trocados, para fazer a festa na mesma noite. E os concursos reuniam bastante gente e tinha até torcida. A diversão era certa.

Tinha gente que passava a semana inteira ensaiando em casa para disputar os concursos de dança nos sábados à noite. Eram todos Johns Travoltas dos pampas, se esbodegando nas pistas e imitando os passinhos que aprendiam no cinema.

Nesse tempo, um dos programas favoritos de todo mundo eram os xis sem miolo no Boka, na descida da Independência, onde tinha fila até para ser atendido dentro do carro, na rua mesmo. Entrar dentro do Boka e comer sentado num daqueles sofás ao redor das mesas? Nem pensar! Tinha que esperar horas para vagar um lugarzinho lá dentro.

O bobódromo, como maldosamente chamavam aqueles que não gostavam da aglomeração na praça, virava um desfile de carrões da época. Lógico que tinha Fusquinhas, Brasílias, Variants, mas também tinha Chevettes, Corcéis, e os mais abonados, nessa época, desfilavam com os Opalões invocados, chamando a atenção das meninas.

O Pafúncio já trabalhava no jornal Diário da Manhã, nas oficinas, como montador e diagramador. Tinha o Eron, o Eduardo, o Jorge, e tinha o seu Túlio Fontoura, que ainda era o diretor do jornal, mas quem mandava era o seu genro, Diógenes Martins Pinto.

Um dos impressores era o Antônio Foletto, irmão do Jorge, um cara muito magro, alto, de cabelo e barba comprida. Gente boa por demais. Só que ele e o Pafúncio andavam a pé. A chance de se dar bem com as garotas era muito reduzida.

Um dia, os dois combinaram de comprar um carro em sociedade, mas ficou tudo meio na conversa. Numa sexta-feira, o Biancão disse que tinha encontrado um carro barato. A conversa recomeçou, mas antes de definirem tudo, Antônop pegou o tal carro. Era um Dodge Charger, uma banheira que precisava de um posto de gasolina acoplado.

O Pafúncio nem chegou a ver o carro. Antônio, no sábado, resolveu dar uma saída para testar o automóvel e acabou com o Dojão, lá na Presidente Vargas.

O Pafúncio, nessa época, saia quase todo final de semana em companhia do Cesar, filho do seu Antão, um ferroviário aposentado, que tinha comprado um veículo novo. A tarefa do Cesar e do Pafúncio, para poderem sair motorizados no final de semana, era uma só: tinham que lavar o carro no capricho.

O Cesar estacionava na rua Uruguai, na frente da casa ali perto do Juvenil, onde o Pafúncio morava, os dois compravam um garrafão de vinho ou qualquer outra coisa para beber, gravavam uma fita com o que tinham de interessante e lavavam a Kombi. Isso mesmo! Era uma Kombi!

Você sabe que lavar um carro é tarefa demorada, ainda mais no capricho. Agora, imagine uma Kombi. Aquilo é quase um ônibus.

Houve época, em Passo Fundo, em que as Kombis eram, inclusive, veículo de transporte de passageiros. Empresas de transporte rodoviário tinha linhas de Kombis, percorrendo a avenida Brasil de um lado ao outro, para fazer o transporte coletivo.

Cesar e Pafúncio, como roqueiros juramentados que eram, gravavam fitas com músicas de bandas famosas de rock que faziam sucesso na época, ficavam horas alisando a Kombi, que ficava tinindo de limpinha para as aventuras da noite pelas ruas de Passo Fundo.

A Kombi era uma perua invocada. Com um toca-fitas de qualidade, potentes caixas de som atrás, no bagageiro, brilhando e com dois cabeludos dentro dela, escutando sucessos de rock, na noitada de Passo Fundo.

Era estranho, mas que chamava bem mais atenção do que os Opalões, isso ninguém tem como negar.

Cap. 6

PAFÚNCIO E A REVOLUÇÃO DOS HORMÔNIOS

Lá pelo final dos anos 70, o Pafúncio estava vivendo uma guerrilha de hormônios, típica da idade. Parecia que tudo precisava ser para ontem, pois o tempo perdido não voltaria jamais.

O cara era um turbilhão até enquanto dormia, mas o grande problema era mesmo quando estava acordado.

E as tentações?

"Deus'u livre", como dizia o Tio Juca!

Tinha uma gringuinha de Erechim que, parece, fazia de propósito. A praguinha era bonitinha, tudo bem. Mas ela usava uns calçõezinhos do tamanho de uma calcinha, umas roupinhas curtinhas e apertadinhas, e vinha visitar o Pafúncio, toda oferecidinha. Era o que hoje chamam de piriguete.

O detalhe é que ela chegava na casa do coitado, toda cheia de sorrisos para o lado dele e as irmãs do Pafúncio colavam nele. Não nela, pois não adiantava. Elas ficavam de olho nele, faziam aquela marcação cerrada, tipo Figueroa em Tarciso, sabe como é?

E o Pafúncio, imagine, doidão, querendo tirar uma casquinha e o atraso com a gringa de Erechim. Nunca conseguiu chegar nem perto, para seu completo e irremediável desespero.

Para compensar, as irmãs apresentavam garotas mais sérias, de boa família, que naquela época ainda tinha bastante. As meninas desse tipo, porém, eram complicadas e não podiam atender as necessidades imediatas do Pafúncio.

Teve uma que era uma linda lourinha, e que topou namorar com ele, todavia morava lá na Vila Planaltina. Anos 70, Pafúncio a pé, ir na casa da guria na Vila Planaltina dava, por baixo, mais de dez quilômetros. Ele, cheio de vontade, encarava. Na ida, até que era bom, a expectativa, os hormônios falando mais alto. Mas o retorno...

Você imagine o sujeito voltando para casa, só no pensamento, nos amassos sem consequência, na imaginação, caminhando lá da Planaltina pela avenida Presidente Vargas, contando as quadras... Depois das dez, nem tinha chegado! Ainda estava longe; quando chegava Cecy Leite Costa estava mais ou menos na metade do caminho.

O resultado é que o namoro era legal, mas o Pafúncio não aguentou. Desistiu da loirinha.

Um dia, apareceu umas primas do melhor amigo do Pafúncio, que moravam em Sarandi e se mudaram para Passo Fundo para estudar. Mais: vieram morar pertinho da casa do Pafúncio. Juntou a fome com a vontade de comer. Literalmente.

As coisas foram evoluindo bem, uma tacinha de vinho aqui, uma apertadinha ali e, você sabe, a idade urge.

O Brasil vivia em tempos complicados, com a censura apertando sobre as produções artísticas e filmes pornográficos eram totalmente proibidos.

No cinema você assistia as pornochanchadas nacionais, com histórias picantes, mas quase sem cenas mais provocativas, o que acabava frustrando a revolução hormonal de nosso herói. Era tempo que as afamadas divas desfilavam seus corpos com pouca ou sem nenhuma roupa e muitos palavrões. E só.

É dessa época um filme que se tornou famoso no mundo inteiro, chamado Garganta Profunda, com uma linda atriz pornográfica. No Brasil, o filme que era de 1972, só foi liberado lá por 1978, por aí. E virou um fenômeno. Grandes filas nos cinemas, Garganta Profunda deu o que falar, afinal, era um filme de sexo explícito, novidade que deixou o Pafúncio mais do que ouriçado.

Eis que, numa sexta-feira, iria estrear o filme, Garganta Profunda em Passo Fundo. O Pafúncio tinha altos planos, que incluíam cinema, as garotas, e alguma coisa a mais depois da esperada sessão no Cinema, ali, pertinho da igreja matriz, na General Netto.

Expectativa, ansiedade, hormônios pulando, o sangue fervendo, as garotas rindo à toa, a fila, a pipoca, o clima, tudo incrível. Foi só comprar os ingressos e partir para o escurinho do cinema. As cortinas se abrem, as propagandas passam voando e começa o mais esperado: o filme!

À medida em que a fita roda e a história (tinha história, não lembro?), começava a se desenrolar, as cenas de sexo iam esquentando a plateia, espremida nos assentos desconfortáveis do cinema velho e com cheiro de mofo. Alguém se importava? Nada. Era só casais e gemidos.

Aquelas quase duas horas passaram voando. Pafúncio, quando viu o "The End" pensou: é agora! Foi levantando e saindo com a garota bem agarradinha, tomando o rumo da saída, aquele corredor que não acabava nunca e de repente: o inusitado acontece!

Na saída do cinema, contrastando com o escurinho, uma luz forte, direto no rosto do Pafúncio e da menina. Para piorar, uma repórter da TV Umbu, vem direto para o Pafúncio:

— E aí, qual é o seu nome e o que achou do filme, Garganta Profunda?

O Pafúncio, pego de surpresa, tentou sair pela tangente, dando uma de expert em cinema:

— Olha, eu achei o filme meio, assim, meio previsível, enfadonho, meio chato mesmo...

Queria o quê? Que ele dissesse que o filme foi f$s@ e que a noite só estava começando????

Cap. 7

PAFÚNCIO E A ESCRAVATURA

O Pafúncio veio fugido pro Sul, lá de Sorocaba, e todo mundo sabe. Andou fazendo uns negócios estranhos e tinha que sair na surdina. Com a guaiaca forrada de cobres. O pai dele, Manoel Bicudo, mandou que levasse um negrinho de confiança junto com ele.

Era o Narolino.

Senta aí, que já te conto esse causo, enquanto vou cevando esse mate. Tu sabes que o Pafúncio é um alter ego, com poderes para viajar no tempo e conhece todas as estórias.

Pois então.

O Narolino era uns quatro ou cinco anos mais novo do que o Pafúncio, mas os dois sempre achavam que eram da mesma idade, pois tinham quase o mesmo tamanho, quando piás. O Narolino era um negro alto, que depois de adulto passou de um metro e 80, magro, dentes bem brancos, contrastando com a pele quase retinta.

Ainda em Sorocaba, ou dois nem pareciam escravo e filho do patrão. Viviam caçando e pescando juntos, no rio Carapicuíba. Depois que vieram para o Sul, a diferença diminuiu ainda mais.

Pafúncio, antes de mudar de sobrenome no Rio Grande do Sul, conheceu Ritinha, uma morena magrinha, de sorriso largo, mas de cara enfezada quando precisava. Os dois se conheceram na Vila do Príncipe, que hoje é a Lapa, perto de Curitiba.

Os dois, mais o Narolino vieram para Campo do Meio e Pafúncio comprou bastante terra, antes de casar com a Ritinha, na igreja Nossa Senhora da Conceição, em Passo Fundo. Depois, o Narolino virou uma espécie de feitor, contratando a bugrada do Vitorino Condá ou do Cacique Doble para fazer cercas, montar piquetes. O negro vivia encrencando com os índios, que tinham medo dele, especialmente quando ele pegava o rabo de tatu. Nessa hora, os bugres largavam tudo e corriam pro mato.

A vida corria solta até que Narolino conheceu a Izolina, uma morena trigueira, cor de cuia, que ninguém sabia se era filha de índio, de negro ou de branco. Narolino viu-a pela primeira vez num bochincho lá em Santo Antônio dos Pobres e logo os dois foram morar junto numa meia-água, perto do capão, nas terras do Pafúncio.

Como eu te disse, o Pafúncio nunca tratou o Narolino com o escravo. Minto. Uma vez sim.

Depois que trocou de sobrenome, o Pafúncio virou tenente do Quinto Corpo da Guarda Nacional, que era uma força de reserva do Império, em caso de guerra. Esse Quinto Corpo estava estacionado em Passo Fundo. O Solano Lopez tinha assumido no Paraguai, depois da morte do Carlos Lopez, e andou se assanhando com o Venâncio Flores, ditador do Uruguai, e o Quinto Corpo foi chamado para a guerra.

O Pafúncio, é claro, levou o Narolino junto.

Quando eles chegaram em Mello, depois de Bagé, já no lado uruguaio, os orientais tinham fugido. Nem teve um tiro. Foi só um desfile e depois o acampamento. O comandante era o João Propício Mena Barreto, um sujeito mais grosso do que dedo destroncado, mas justo, nas peleias.

Em Paysandu, a coisa ficou feia. Quando o Pafúncio chegou a cidade já estava cercada. Ele e o Narolino foram para a banda da igreja, onde um canhão fazia um baita estrago, na igreja e perto das casas. Os orientais ergueram uma ripa de madeira com uma cabeça de um brasileiro fincada na ponta.

O Pafúncio ficou indignado e tentou atravessar um beco. As balas zuniam e batiam nas paredes, levantando lascas de pedra e poeira. Uma delas atravessou a perna direita do Pafúncio e ele caiu, meio pro lado da parede. Outro tiro ricocheteou numa pedra e acertou a canela esquerda do Pafúncio. Esse sim, doeu. A bala pegou no osso e ele não conseguia andar.

O Narolino veio ajudar. Como era bem maior, agarrou o Pafúncio e saiu meio arrastando, sabe como é? Nessa hora, os orientais mandaram bala. Mas eles eram ruins de mira uma barbaridade. Um tiro acertou o Narolino de raspão, nas costas, abrindo um corte de uns 15 centímetros na paleta. Se o Narolino estivesse assim, meio de lado, ficava no cavaco.

Depois de um mês, mais ou menos, ainda mancando, o Pafúncio foi mandado de volta para Passo Fundo. Ele chegou e disse pro Mena Barreto:

— O Narolino é meu escravo e vai embora comigo. Foi a única vez que tratou o negro como escravo e ainda para não deixar o amigo sozinho na guerra.

Três anos a fio, Narolino, de volta, embarrigou a Izolina. Três negrinhos nasceram com saúde. Um tempo depois, quando faziam um galpão nas terras do Pafúncio, Narolino caiu de cima do telhado e se machucou feio. Ele bateu primeiro a cabeça e depois as costas. O pessoal improvisou uma padiola e levou o negro para dentro.

Ele estava mal, e ficou gemendo e falando coisas que não dava para entender até lá pelas duas da manhã, enquanto o pessoal rezava na sala. Passando das quatro da manhã, Narolino morreu.

O Pafúncio ficou o velório inteiro em silêncio, pensando na morte do amigo. Já a noitinha, depois do enterro, ele abriu a boca pela primeira vez, para falar com a Ritinha.

— E olha, o Pafúncio chegou e falou assim pra Ritinha: Dom Pedro que me desculpe, mas a partir de hoje eu sou abolicionista.

Cap. 8

PAFÚNCIO E O DESFILE DE SETE DE SETEMBRO

Na segunda metade dos anos 70, o Pafúncio tinha se matriculado no Colégio Cecy Leite Costa. Era uma escola bonita, de três andares, na Avenida Presidente Vargas, no bairro São Cristóvão, em Passo Fundo, ao lado da antiga fábrica da Pepsi, lembra? Duas quadras para a frente tinha o quartel da Brigada Militar.

O Pafúncio, que é um alter ego, com poderes mirabolantes de viajar no tempo e de, às vezes, se transformar apenas num "I Remember", devia ter 16 ou 17 anos e comemorava o fato de, finalmente, poder deixar o cabelo crescer.

Na escola, iniciava um novo tempo, cheio de coisas interessantes. Nas aulas, veja só, a turma estudava Inglês, Português, Literatura, Redação, História dos Meios de Comunicação, Teoria e Técnica de Comunicação, estas duas com o professor Edi Isaias, e ainda aulas de Francês!

    Para o Pafúncio, era motivo de exibição falar meia dúzia de frases como "Je vais à l'école" ou "je ne parle toujours pas français", com uma pronúncia até razoável, mesmo que isso significasse que ele ia para a escola, mas não sabia falar francês. E quem ouvia-o falando, ficava impressionado, achando que o Pafúncio já sabia falar outra língua.

    Na escola, naquela época, era tudo novidade. Duas, encantaram o Pafúncio. A primeira era que aluno que jogava voleibol, não precisava fazer aulas de Educação Física. Pronto! Pafúncio se virava na recepção, na quadra de areia, levando bolada e aprendendo os movimentos básicos do esporte.

    E a outra era a banda! Essa sim, valia a pena.

Quem tocava na banda, podia faltar às aulas para os ensaios, que começavam no final do mês de maio e iam até Sete de Setembro, quando tinha o desfile na Avenida Brasil.

Os primeiros ensaios, quando eram selecionados os integrantes da banda, aconteciam na quadra de concreto, onde depois foi construído o Ginasião. O Pafúncio, que era meio magricela, entrou na banda para tocar tarol, já que tinha alguma habilidade com as baquetas.

Selecionados os integrantes, a gente começava a ensaiar nas ruas, pois tinha a evolução que a banda fazia, passando fila por fila por dentro da formação, para a mudança de direção. Isso era um show e todos conseguiam fazer direitinho. E a gente passava pela Aspirante Jenner, na Vila Santa Maria, ou pelas ruas do São Cristóvão. Onde a banda passava, as crianças e as donas de casa paravam o que estava fazendo para sair para a frente das casas e assistir ensaios.

Naquela época, Passo Fundo tinha grandes bandas, que faziam uma disputa acirrada nos desfiles. As melhores eram as bandas do IE e do Colégio Conceição. Bandas marciais grandes, com instrumentos de sopro, que eram tão esperadas quanto o desfile do Exército. Depois, tinham as bandas, Notre Dame e o Bom Conselho, de meninas, mas também com instrumentos de sopro. Fora estas, eram grandes as bandas do EENAV e, lógico, do Cecy.

Quem tocava na banda e jogava no time fazia sucesso na escola.

O Pafúncio lembra que por isso, as meninas olhavam diferente para os garotos, que ficavam com o ego lá em cima. Um dia, andando pelo corredor do segundo andar, ele deu de cara com o mais lindo sorriso do mundo, com o olhar azul mais doce do planeta, emoldurado por cabelos loiros de origem italiana que fizeram espoucar foguetes nas estrelas. A sensação só não foi maior do que o momento em que ela pegou na sua mão e os dois saíram caminhando pelos corredores da escola.

As disputas do EENAV e do Cecy eram grandes na avenida.

O Pafúncio garante que o Cecy nunca perdeu desfile para o EENAV, mas ele é suspeito, lembro eu.

— É verdade, diz o Pafúncio. Lembra que eles só tocavam o Senta Levanta? É mesmo. Passavam o desfile inteiro tocando Isso: Senta Levanta, senta levanta, senta levanta e tira o paletó...

O Cecy tinha variações e numa delas entrava Pafúncio, o taroleiro, e o Cesar, que também tocava tarol. Ficava bonito, só com os dois taroleiros, e o restante da banda em silêncio.

Na hora do desfile, todo mundo com o uniforme da escola, impecável, e tinha um momento em que a banda parava de tocar e só se ouvia o som ritmado dos calçados sobre os paralelepípedos da avenida, emoldurado pelos taróis.

Um desses momentos era quando a banda se aproximava do Altar da Pátria, ao lado do Clube Comercial, onde se concentravam as autoridades. Ali, com a banda em silêncio, os taroleiros, sozinhos, ecoavam o tarantantan, na avenida silenciosa. Então os rapazes dos quatro bumbos desciam o braço, fazendo o mundo inteiro arrepiar. E os aplausos enchiam a avenida de sonoridade.

E o Pafúncio estufava o peito, todo arrepiado, e pensava:

—Viu, seu prefeito? Aqui é o Cecy, tá pensando o quê?

Logo depois, vinha o EENAV tocando o Senta Levanta...

Cap. 9

PAFÚNCIO E A OVADA NA MADRUGADA

Barulho, para muita gente, é um problema. Não para o Pafúncio. Ele consegue dormir sentado, mesmo que o mundo esteja desabando ao seu redor. Basta para isso, se concentrar e aquietar-se num cantinho.

Mas esta estória, meu amigo Pedro Cesco, fugiu muito de qualquer normalidade. Chama o Cardoso aí para escutar.

O Pafúncio morava no segundo andar do edifício. Embaixo, funcionava um boliche. Era barulho de pranchas e pinos a noite inteira. Teve até um promotor exigindo obras de tratamento acústico para reduzir o ruído, essas coisas. Os vizinhos reclamavam. Faziam denúncias. O Pafúncio não, para ele estava tudo bem.

Mas sempre teve um probleminha com um tipo de som específico. Não é pelo volume. É pelo tipo de som. Ele adora música, conhece muito, porém detesta algumas duplas sertanejas que fazem grande sucesso em locais de frequência pouco recomendável. Esse negócio de bagaceirice musical não é com ele. Simplificando: tem modão sertanejo de zona que o Pafúncio tem ojeriza.

A brabeza do Pafúncio é tanta que na festa de formatura, algum colega gaiato foi até a banda e pediu para homenagear os formandos e subiu todo mundo no palco. O cantor, então, fez a homenagem:

— Agora, todo mundo canta conosco, especialmente o Pafúncio.

—Vamos lá! Agora todo mundo cantando conosco que nós vamos tocar a Boate Azul!!!

Pronto.

O Pafúncio, indignado, desceu do palco. Ele cantar, em cima do palco, e ainda a Boate Azul? Mas nunca! É óbvio que alguém fez de propósito, para tirar uma onda com a rejeição que ele tinha em relação a esse tipo de música.

Pois bem.

Voltando ao boliche e a barulheira no centro de São Miguel do Oeste.

O Jairo Tonier, um camarada gente boa, natural lá de David Canabarro, perto de Campo do Meio, e que já morou até em Portugal, dono do boliche, sempre perguntava:

— Muito barulho no apartamento, Pafúncio?

Tudo sossegado, respondia ele, sem pestanejar.

Numa noite de verão escaldante, como acontece na cidade a cada ano, o calor estava tornando a noite difícil de dormir.

Na manhã seguinte, como todos os dias, seis horas da manhã Pafúncio tinha que levantar para tomar banho, tomar café e se apresentar às sete horas no trabalho.

Ele virava de um lado para outro da cama e nada do sono aparecer.

Lá pelas três horas da madrugada, finalmente, emendou um sono mais profundo e estava tudo bem.

Só que aquela não era uma noite comum.

O boliche estava bombando. Era bola rolando na prancha e depois o barulho dos pinos caindo, num estouro de revirar qualquer vivente na cama.

A essas alturas, o Pafúncio já estava se sentindo um pouco incomodado, mas afinal, o Jairo também precisava viver, vamos lá, deixa estar. Vira pro canto e tenta se concentrar para dormir de novo.

Quando se sente mais relaxado, quase adormecendo, acontece o pior.

Embaixo da janela do Pafúncio, uma dupla de notívagos estaciona um Opalão, de ré, e abre o capô traseiro.

Mais grave ainda: coloca o som para funcionar, a todo o volume, no meio da madrugada, para beber umas cervejas nas mesas colocadas sobre a calçada. Quer pintar um perfeito quadro do inferno para o Pafúncio? A todo o volume detonam um "sucesso" da dupla sertaneja! Isso mesmo: Boate Azul!

O Pafúncio é boa gente, mas aí já era demais. Passou de qualquer limite. Muito bravo, ele saiu da cama, de cueca, atravessou o apartamento no escuro mesmo e foi até a geladeira. Pegou um ovo e voltou para o quarto, disposto a mandar uma ovada daquelas no veículo dos abusados. O apartamento era comprido e estreito, com um longo corredor ligando o quarto às demais dependências.

Na raiva e na vontade de protestar contra o barulho, no meio do corredor, o Pafúncio se atrapalhou e deixou cair o ovo. Imagine o sujeito: bravo, de cueca, no escuro, com um ovo quebrado no assoalho do corredor melecando tudo! Ele não pensou duas vezes. Voltou para a cozinha, indignado, furioso mesmo, se municiou de dois ovos e voltou pelo mesmo caminho.

Pela janela, mandou ver. Duas ovadas certeiras... Foi um estouro. Ainda ouviu um dos notívagos falar:

— Olha, caiu alguma coisa no vidro do carro.

— São ovos, confirmou o outro, enquanto se dirigia para desligar o som incomodativo.

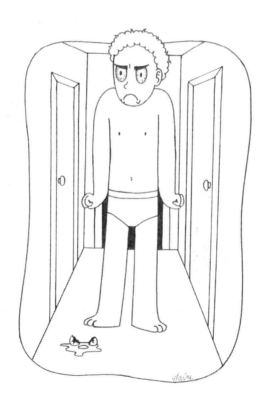

Pafúncio voltou para a cama e tentou dormir. A noite virou motivo de muitas risadas até hoje. Afinal de contas, o Pafúncio nunca se importou com barulho. Até o Motocão, que reunia gente de todos os lugares do Brasil e da América Latina, com umas quarenta mil pessoas embaixo da janela dele não incomodavam.

Agora, vamos se respeitar: arregaçar o volume, no meio da madrugada, com uma música de zona, é demais!!!

Cap. 10

PAFÚNCIO E O CORAÇÃO DO SANTO

— Você sabia, que em Descanso já passou o coração de um santo católico? Sabia não?

— Você tá brincando, né, Pafúncio?

— Não tô brincando nada. Senta aí que te conto esse causo.

Essa história aconteceu em 1955 ou 1956. Faz tempo. Acho que tu nem era nascido.

Em Mondaí, estava acontecendo a primeira comunhão de uma turma com 47 crianças. Igual eu contei da Irmã Margarete, lá de Passo Fundo, teve toda aquela preparação. Meses de aulas de religião, até que chegou o dia de comungar pela primeira vez. O vigário era o padre Francisco Moreira e a catequista era a dona Maria Ferrari. Naquele dia, na igreja estava acontecendo a Festa da Imaculada Conceição, e o dia amanheceu claro e limpinho.

Durante a missa teve coro misto para as cantorias, depois de uma procissão. Depois da missa, no salão paroquial, teve até doces e refrigerantes.

— Mas Pafúncio, para de enrolar. Tu estava falando era de Descanso...

— Ah é! Do coração do santo, né?

Então. É que foi na mesma época. Teve uma festa religiosa grande em Descanso, para receber o coração do Santo Roque Gonzales, mártir do tempo das missões, no Rio Grande do Sul.

Montaram uma grande celebração religiosa, comandada pelo Padre Luciano Ricci, que era o diretor espiritual do pré-seminário de Sede Capela, de Itapiranga.

— Mas você estava lá, Pafúncio?

— É claro... Lá pelas cinco da tarde teve uma recepção. Na frente vinha a cavalaria, em duas colunas, e atrás vinha um monte de caminhões. Na rua da igreja, de lado a lado, estava tudo apinhado de gente.

— Aposto que tinha até polaco.

— Deixa de brincadeira! Com santo não se brinca. Na porta da igreja, colocaram anjinhos. Eram coroinhas, meninos e meninas, vestidos de branco, organizados pela dona Carmem Ferreira. A saudação dos mártires, pelas crianças, foi feita pela dona Maria Lewandowski. Pensa que eu não lembro?

Depois, o professor Eliseu Kania, que era diretor do grupo escolar, fez um discurso contando a história de Roque Gonzales, um mártir que foi morto no Rio Grande do Sul, se não me engano em 1628. Disse que ele era santo, por isso Deus preservou seu coração, que estava vindo nessa ocasião para Descanso.

— Como pode isso, Pafúncio?

— Eu não sei, mas na igreja, naquela época, diziam que era um milagre.

— Por falar nisso, Pafúncio, você ia na catequese, mas não me falou se fez a primeira comunhão...

— Se fiz... naquela época, a igreja ficava cheia de gente e tinha que se confessar e comungar. Tudo direitinho, como ensinou a Irmã Margarete.

— E o coração? Termina a história...

Então. O Padre Luciano fez uns quantos sermões naquele dia. Ele contou toda a história do Mártir Roque Gonzales e depois o coração foi levado para cada uma das paróquias da região.

— Pafúncio, Pafúncio... hoje tu nem vai na igreja, hein? Se for, para comungar, vai ter que ficar umas cinco horas se confessando para o padre...

— Já pensou o tamanho da penitência? Mas que o coração de um santo esteve em Descanso, é a pura verdade...

Cap. 11

O BOMBARDEIO DOS CASTELHANOS

O Pafúncio sempre gostou de tempestades. A força da natureza, os relâmpagos, os trovões, as descargas elétricas impressionantes, essas coisas o fascinam. Sentia adrenalina ao presenciar o tempo se armando para tempestades, o vento forte curvando os galhos das árvores, carregando a poeira e se misturando com folhas secas, formando redemoinhos.

Teve épocas que ao perceber que se armava um temporal, ele pegava uma máquina fotográfica e saia pelas ruas para tentar um flagrante incrível. O sonho era fazer uma fotografia com a igreja matriz de Chapecó, suas duas torres, e raios ao fundo.

Em outubro de 88, a esposa estava grávida de oito meses. E o Pafúncio, como sempre, dormia com a veneziana aberta, para ver a lua, as estrelas, recebendo a brisa fresca da noite, marcando seu descanso, com os cheiros das árvores e das flores que ficavam próximo a janela. Ficando na espera do assovio dos ventos, dos raios e trovões.

Numa madrugada daquele mês, morando ali nos altos da Getúlio, Pafúncio acordou com o barulho distante de raios e os ventos que anunciavam tempestade. Baixou a vidraça da janela, puxou a coberta para se aquecer, viu que a esposa dormia profundamente e ficou olhando para o céu, cujos clarões anunciavam um grande temporal.

A medida em que a intempérie se aproximava, parecia que o temporal roncava. O barulho crescente era interrompido vez ou outra por uma descarga forte, que rasgava o céu e iluminava tudo. Um espetáculo de força da natureza, que Pafúncio assistia, admirado, debaixo das cobertas, enquanto a esposa dormia.

Os clarões se sucediam, cada vez mais perto.

Pafúncio, quando criança, passou por duas situações bem complicadas devido a tempestades.

Quando tinha três anos, lá no início dos anos 60, sua família morava na Vila Petrópolis, em Passo Fundo. Era uma casa de madeira e, durante uma madrugada, um temporal destelhou tudo. Pior ainda, no dia seguinte, deu para ver que a casa só não desabou por detalhes, pois a estrutura ficou toda retorcida.

Pafúncio lembra até hoje dos relâmpagos e das telhas voando para todo lado, enquanto seu pai corria com ele no colo, enrolado num cobertor para proteger a cabeça, e sua mãe, atrás, corria com a filha menor agarrada no colo, para buscar socorro na casa do vizinho da frente.

Uns quatro ou cinco anos mais tarde, já no final dos anos 60, a família tinha construído uma casa grande, de madeira, quando novamente um temporal veio e carregou todo o telhado, de telhas de cerâmica.

Desta vez, não havia para onde correr. O pai não estava em casa. Pafúncio, a mãe e as duas irmãs se esconderam embaixo de uma mesa grande de madeira, enquanto o telhado descia, com a força do vento e da chuva que caia com vontade.

Apesar de todos os estragos que os temporais provocavam, Pafúncio nem ninguém de sua família jamais foi ferido, o que talvez explique a sua fascinação por temporais. Apenas a demonstração da impossibilidade de controle da natureza, quem sabe... a constatação de que existe uma força maior... extraordinária, linda e amedrontadora, vai entender.

O certo é que naquele mês de outubro, a tempestade se aproximava da casa do Pafúncio e ele, assistindo a tudo maravilhado, impressionado. O tempo feio, que para ele era bonito, foi chegando mais perto e o barulhão acabou acordando a esposa, a seu lado.

No susto, ela ouviu um estrondo e o clarão que entrava no quarto pela janela. Ainda meio dormindo, sonolenta, assustou-se e achou que era um incêndio. Sentou na cama e começou a gritar:

— Fogo, fogo!

O Pafúncio, com a calma que Deus lhe deu, tentava aquietar a esposa e cuidava para que seu barrigão não ficasse descoberto. Que nada! A esposa continuava gritando que era fogo, quase histérica, a cada relâmpago que iluminava o quarto, acompanhada do estrondo dos raios e trovões.

Percebendo que o Pafúncio não saia da cama, apesar da gritaria que fazia, a esposa resolveu salvar a própria pele e a vida do bebê, levantou-se da cama e saiu correndo do quarto, enquanto o Pafúncio saia atrás, tentando segurá-la. Nada.

Ela saiu porta afora e só acordou direito fora de casa, com uma intensa chuva de granizo que lhe caia à cabeça, enquanto Pafúncio, todo cuidadoso a trazia de volta para dentro da residência.

Já acordada, meio molhada, a esposa e Pafúncio não conseguiam mais dormir e riam da situação inusitada. A sogra, que morava junto, meio atordoada com a confusão, fez fogo no fogão à lenha, e seguia à risca a tradição de queimar ramos bentos, trazidos da igreja no último domingo de ramos. Na pressa, nem percebeu que estava queimando todo o estoque de macela que tinha em casa, colhida na última semana santa.

O mais engraçado da história, aconteceu com o vizinho da casa debaixo, no final da ladeira.

Ele também acordou assustado com o temporal. Como não dormia com a veneziana aberta, não viu que era chuva. Só ouviu os estrondos dos raios e os clarões que entravam pelas frestas das paredes. Jogou-se embaixo da mesa e começou a gritar, desesperado, para a família se proteger:

— Se esconde! Estourou a guerra! Os castelhanos estão bombardeando Chapecó!

Cap. 12

PAFÚNCIO E O VERÃO CALORENTO DE 1981

Já passava o início de dezembro de 1981 e o Pafúncio estava morando em Chapecó. Aquele foi um ano de altas temperaturas. Pior do que este.

O Pafúncio viajava todas as noites para Passo Fundo e voltava com o Adroaldo na boleia do Fiat 147 com o porta-malas carregado de Diário da Manhã Chapecó, ainda naquele tempo dos jornalões standard, antes da chegada do modelo tabloide.

O Adroaldo era um daqueles sujeitos parceirões, que passava a viagem inteira contando estórias. Gaguejava no meio das frases, na empolgação da narrativa. Era um cara simplório, mas isso não queria dizer que as suas estórias não fossem interessantes.

Chapecó se preparava para as eleições de 82 e o point do Pafúncio era o Baitakão, nos altos da avenida Getúlio Vargas.

Chapecó era a Cidade das Rosas, onde o prefeito Milton Sander organizava um partido político de centro, com o João Paganella na Secretaria dos Negócios do Oeste. O seu vice-prefeito, Ivan Bertaso, era o candidato governista nas eleições. Ledônio Migliorini se preparava para ganhar a prefeitura, com o apoio do Seu Plínio e do Seu Auri Bodanese, lembra?

Caminhando pelos lados do Café do Paludo, a Boca Maldita, você podia encontrar pessoas comuns, ou bater papo com Dom José Gomes, o bispo de Chapecó, Santo Rossetto, com aquela farta e longa cabeleira branca, mas com a língua afiada para uma boa conversa.

No jornal Diário da Manhã tinha o João Carlos Fortes, que hoje usa o pseudônimo de João Kuiudo, funcionário do Banco e repórter esportivo nas horas de folga. Tinha a Laurete, gente boa, gentil e sorridente, antes ainda de casar com o José Linhares e muito antes de gerar o herdeiro, aquele jogador de futsal bem conhecido Mitchuê. O gerente era Darci Schutlz, jornalista das antigas, que se esmerava no sucesso do jornal, ao lado do Jair Vasconcelos, dupla que deixou Cruz Alta para viver em Santa Catarina.

Mas como eu estava te contando, foi um verão suado, não foi Pafúncio?

Nas noites de retorno de Passo Fundo para Chapecó, tinha que decidir se respirava ou derretia. O calor, mesmo à noite, era infernal.

Você tinha que abrir o vidro para entrar um pouquinho de vento, para aplacar a sauna que era viajar no carrinho – lógico - sem ar condicionado. Mas daí, o poeirão que levantava na estrada sem asfalto, passando por Pontão, Encruzilhada Natalino, Lobo, Três Palmeiras e Nonoai, tomava conta de tudo. Quando tinha um caminhão ou ônibus pela frente, então, não se enxergava um palmo à frente do nariz.

O Aldroaldo conhecia a estrada inteira. Cada curva, onde tinha casa, onde tinha cachorro, onde tinha lavoura...

Na escuridão da noite, com plantações de soja ao redor da estrada, era comum o surgimento de pequenos animais pelo caminho. Os mais comuns eram as lebres e galinhas. As lebres procriavam em abundância e se alimentavam dos brotos de soja, mas de vez em quando tentavam atravessar a estrada.

    O Aldroaldo alertava o Pafúncio e já avisava: olha o almoço no meio da estrada! E começava a alternar entre luz alta e luz baixa. A lebre se atrapalhava toda e ficava parada no meio do caminho. O Pafúncio torcia e o Aldroaldo cuidava para não passar com as rodas em cima da lebrinha. Era certeiro. Daí, só parar, recolher a caça e seguir adiante.

    Como te falei, o Aldroaldo era perito na localização de lavouras, especialmente plantações de mandioca ou de milho verde na beira da estrada. Sabia até quais as que não tinham residências próximas. Nessas, no escuro mesmo, ele saia arrastando os pés no solo até achar um toco de pé de mandioca, que arrancava rapidinho, antes que o dono aparecesse. E lá se iam o Pafúncio e o Aldroaldo, comemorando, em direção a Chapecó.

    No dia seguinte, tinha almoço especial. Lebre com mandioca, que o Pafúncio fazia questão de cozinhar.

    Este ano, tudo mudou. Não dá nem para pegar meia dúzia de bergamotas. Os donos estão sempre em casa, com o tal de corona vírus, né Pafúncio?

    Bons tempos de jornalismo, poeira e boa comida em Chapecó.

Cap. 13

TININHAS EM FUGA PELAS RUAS DA CIDADE

Tininho ou tininha.

Era assim que a gente chamava os menores infratores, lá em Passo Fundo. Crianças ou adolescentes que praticavam pequenos delitos, como furtos, danos ao patrimônio, ameaças e, muito raramente, envolvimento com drogas, já que naquele tempo isso quase não existia.

O Pafúncio lembra do rapa, que era um fato que ocorria com alguma frequência quando a garotada estava jogando bolitas na rua e chegava algum tininho e roubava tudo. Pegava as bolinhas de gude que estavam no chão e saia correndo. A gente jogava e ficava de olho nos tininhos.

Tinha bolitas que custavam caro, pois eram especiais. Tinha a águedas, ou ágatas, tinha olho de gato, tinha as leiteiras, que eram bolinhas de gude de alguma cor leitosa, pouco comuns.

Os crimes da época eram apenas pequenos delitos, já que a criminalidade era um fato social muito diferente de hoje, em que menores se envolvem com o tráfico de drogas, assaltos, estupros ou assassinatos. Tanto é que os menores acabavam no CEBEM, uma espécie de reformatório, ao invés das prisões para menores infratores que temos nos dias atuais, onde os meninos entram por pequenos delitos e saem verdadeiros bandidões.

Os tininhos também levavam roupas do varal. E calçados.

Já pensou, alguém roubar o teu quichute? Era o fim da picada! O garoto levava meses tentando convencer a mãe ou o pai a comprar um quixute. Afinal, ninguém ia à escola ou à missa de domingo calçando quixute. Ele só servia para jogar futebol, pois tinha solado de borracha com garradeiras, para não escorregar na grama.

Quixute era tão importante que a gente ganhava de presente de Natal. Em alguns casos extremos, vinha um quixute acompanhado de uma bola de borracha, pintada como se fosse uma bola de couro. Você dava um chute e ela saia variando, quase sempre pela última vez, até encontrar uma cerca de arame farpado. Quem tinha uma bola de couro era dono do jogo, dono da bola, dono do time e o jogo só começava quando ele chegava no campinho, com a bola embaixo do braço. E acabava quando ele ia embora, já à noitinha.

Um dia, já morando em São Miguel do Oeste, Pafúncio foi chamado por gritos que vinham da rua. "Pai, pai, essas meninas querem nos pegar!". Ele desceu do apartamento para ver o que se passava e encontrou as duas filhas em cima de uma árvore, na calçada. Embaixo, duas meninas que encaixavam perfeitamente na definição de tininhas, lá de Passo Fundo.

— O que está acontecendo aqui, perguntou para as meninas, enquanto ajudava as duas filhas a descer da árvore.

— Ô, tio, elas ficam xingando a gente, provocando, incomodando, e nós resolvemos correr atrás delas e dar uns cascudos, explicou uma das meninas.

— Tá certo. Vocês fiquem tranquilas que isso não vai mais acontecer. Deixa comigo. Se elas fizerem isso de novo, venham aqui falar comigo, disse o Pafúncio.

As tininhas foram embora, satisfeitas com a solução.

Pafúncio, então, entrou no apartamento, colocou as duas sentadas no sofá e quis saber detalhes do fato. Elas contaram que mexiam quase todo dia com as meninas de rua e naquele dia, elas saíram correndo para pegar as duas. Elas entregaram as mochilas que traziam da escola para o irmão mais novo e deram no pé, na frente, enquanto as tininhas corriam atrás.

Na praça, subiram numa árvore, mas as duas perseguidoras chegaram embaixo. Elas conseguiram saltar e sair correndo, mas só deu tempo de chegar na outra árvore, na frente do apartamento.

Pafúncio aproveitou para explicar às duas que o que elas faziam com as meninas na rua era errado, que aquilo era bullying, que ninguém gosta de ser maltratado e que tais fatos não deveriam se repetir.

Minutos depois, chegou o irmãozinho, cansado, carregando as três mochilas. A dele nas costas, e uma de cada irmã em cada mão. Terminada a bronca, tudo acabou virando risada e mais uma aventura da criançada. Claro, com a promessa de não se repetirem os fatos.

Depois disso, Pafúncio ficou pensando... mas afinal, quem eram mesmo as tininhas? As duas irmãs, ou as duas meninas que lhes deram um corridão?

Boa pergunta.

O tempo passou e, aqui em Santa Catarina, ninguém chama esses moleques de rua de tininhos ou tininhas.

Cap. 14

PAFÚNCIO E AS MENINAS QUE GOSTAVAM DA IGREJA

O Valmor Debona sempre dizia: a rapadura é doce, mas não é mole. E é verdade.

Lá naqueles anos doces de 1980, tudo era colorido, tempo de coisas boas acontecendo, de juventude. Ou como dizia a canção: "a minha história é talvez, é talvez igual à sua"... e "a certeza de que tenho coisas novas pra viver".

O que havia de certo era a urgência.

Lá vinha o Lobão, namorando a prima, e dizendo que era melhor viver dez anos a mil do que mil anos a dez. E parece que as pessoas pensavam isso mesmo. Tudo tinha pressa, era preciso para ontem. Como era a canção mesmo? Tenho pressa e tanta coisa me interessa, mas nada tanto assim. Tanto aqui em São Miguel do Oeste quanto em Porto Alegre, São Paulo ou Buenos Aires.

Na terra de São Miguel, que ainda tinha o padre Aurélio, havia coisas interessantes para fazer. Tinha a Lanchonete Tropical, que era o lugar onde o pessoal se reunia para lanches no final da tarde e início da noite. Ficava na frente de onde hoje tem o Supermercado "Economize Seu Vintém", numa construção que não existe mais.

Na frente da loja, Marte, na Duque de Caxias, perto do Bolão, tinha o Bar Gramadão, com rua fechada nos finais de semana, e um conjunto tocando os grandes sucessos do momento.

O cinema funcionava! E passava filmes como De Volta para o Futuro e Mad Max, acredite.

E assim a vida pacata dos jovens migueloestinos tornava-se divertida.

O Ademar Baldissera e a Marli Ribeiro organizavam a Festa da Cultura, com o Leco, o Alfredinho e a Betty. A turma do CTG se esmerando nos bailes de Prenda Jovem, sob a organização do patrão Sérgio Volpi. Teve um ano que foi realizada até uma gincana, que movimentou a cidade para todo lado.

— Lembra da rádio, de quem trabalhava?, me pergunta o Pafúncio.

— Mas é claro. Tinha o James Moura, o Venderlei Augusto, o Jota Vargas, o Emidio Batistella, o Ademar Baldissera fazendo entrevista na Rádio, o Herter Antunes, e o Adriano Antunes, que nem eram irmãos, tinha até o Paulo Branchi, que acabara de chegar de Maravilha...

— E o livrinho de desenhos dos Marcos Telles, tu também lembra?

Pafúncio tinha até dias desses, quando o gato rasgou tudo.

Mas o legal daquele tempo, me conta o Pafúncio, eram as meninas. Ah, as meninas... essa foi uma época de uma geração incrível, de descobertas e de coisas diferentes na cidade.

A primeira delas, era a Ginástica na Praça.

Das 18 horas em diante, o Pafúncio ia se deslocando para a rua Duque de Caxias, na praça, onde hoje é a Rua Coberta.

Ali a prefeitura fazia ginástica e a Rádio transmitia as pessoas se exercitando, até a hora da Voz do Brasil às 19 horas. Um professor de Educação Física orientava os exercícios e as meninas mais lindas da cidade se exercitavam. Os marmanjos, sentados na arquibancada, se deleitavam com o visual. Transmitir ginástica, vejam só!

A política, era de arrepiar. Depois de 20 anos sem eleições, a zona de fronteira acabou e foram convocadas eleições diretas para prefeito e vereador.

— E aí, tu lembra quem concorreu?

— Então, foi o Luiz Basso, o Jarcy de Martini e o Lino Lindner. O prefeito, nessa época, era o Paulo Zorzo!

Mas o Pafúncio gostava mesmo era das boates.

A música brasileira era pródiga em embalos para dançar.

E lá vinham os Titãs, com Sonífera Ilha, tinha Linda Juventude - "Nossa linda juventude, página de um livro bom" -, com o 14 Bis, tinha Kid Abelha, com a indefectível Pintura Íntima, e tinha até Ritchie, badalando a Menina Veneno. Mas o que o Pafúncio gostava mesmo era de Tina Turner, Michael Jackson, Queen e Kiss.

Eita, tempo que o pessoal fazia a ronda, começando na Ginástica na Praça, um lanchinho preparado e servido pela família na lanchonete do Vanderlei ou no Gramatão, uma pausa para se ajeitar no capricho e, depois, dançando na Acaiacá até de madrugada.

Para os rapazes, ainda tinha a UTI - a Última Tentativa do Indivíduo. Não deu certo, vai pra casa que a noite acabou.

Mas você pensa que a noite era só isso?

Tinha o carnaval!

O pessoal se dividia em grandes blocos, que faziam um desfile nas ruas bastante animado, com muita gente bonita, caprichando na fantasia. E, depois, baile de clube no Comercial, com aqueles conjuntos caprichados. Baile para blocões e bloquinhos e para camarada sozinho também. O festerê era junto e misturado, no fim era apenas um bloco, da Alegria. Até para criançada no domingo a tarde. Tempos bons e que deixaram saudade.

Para quem podia, valia até viajar para São Carlos e Águas de Chapecó, acampar e completar a farra com o carnaval no ginasião. Reunia gente de todo lado. Vinha de Chapecó, de Xanxerê, de Pinhalzinho, de Nonoai e aqui de São Miguel do Oeste. Quem podia, alugava uma casa. A maioria era na barraca armada no camping, cerveja e churrasco até de madrugada.

A ressaca, o pessoal curava nas piscinas de água mineral ou no Rio Uruguai mesmo.

Cap. 15

E NÃO É QUE O PAFÚNCIO DESBICOU A ESMERALDA?

O Pafúncio sempre gostou de animais de estimação. Teve uma época, lá pelo final dos anos 60 ou início dos anos 70, não me lembro bem, que chegou a ter 8 cachorros. Dizem que pobre tem mais cachorros do que filhos. Parece ser o caso. Era um tal de gato, cachorro, papagaio...

Foi assim a vida inteira.

Lá por volta de 2005, ele tinha uma galinha.

Até colocou nome na bichinha.

A Esmeralda não era qualquer galinha. Ela tinha algumas regalias que os cachorros da casa não tinham. Por exemplo, ela podia subir no colo do Pafúncio e ganhava milho no bico. A galinha já sabia que iria ganhar milho quando ele sentava na cadeira de balanço para ficar espiando o movimento da rua. Imediatamente se aproximava e pulava no colo do Pafúncio.

Tinha a Gigi, uma cadelinha totalmente preta, uma Retriever quase pura, que ficava ao lado dele, em silêncio, enquanto ele olhava para o infinito, certamente relembrando as histórias que acumulou ao longo dos anos. E a cachorra parece que imitava o Pafúncio, também com o olhar perdido no horizonte.

O problema com a Esmeralda é que um dia ela começou a bicar os ovos que botava.

O Leonir Borin explicou ao Pafúncio que isso era deficiência de cálcio na alimentação da bichinha, que ele tinha visto uma reportagem no Globo Rural e que tinha que dar uma alimentação balanceada para ela, que acabava a mania de furar os ovos. Mas quem disse que o Pafúncio se convenceu?

Antigamente havia um jeito, digamos assim, caseiro, de lidar com as galinhas que bicavam os ovos. O pessoal costumava usar um ferro em brasa e encostar no bico da galinha, que ficava sem ponta e a ave abandonava o hábito de destruir os próprios ovos.

O Pafúncio lembrou dessa solução e resolveu fazer a mesma coisa com a Esmeralda. Coitada da galinha. Ao invés de ganhar cálcio e vitaminas que estavam faltando na alimentação, iria perder uma parte do bico.

O Leonir tentou convencê-lo a mudar de ideia, mas não teve jeito. Pafúncio estava decidido a eliminar a ponta do bico da coitadinha. A isso, somou-se mais um problema. Pafúncio não tinha nenhum pedaço de ferro para esquentar antes de fazer a judiaria.

Você sabe como é o Pafúncio!

Com a galinha embaixo do braço ele foi para a área de serviço, onde havia um monte de tranqueiras e começou a revirar a bagunça em busca de algo que servisse. Achou um serrote e veio-lhe à cabeça aquela ideia de jerico.

—Segura a Esmeralda, Leonir, que eu corto a ponta do bico dela com o serrote...

— Mas não faça isso que vai machucar a galinha, ponderou o Leonir.

Não adiantou. O Pafúncio entregou a Esmeralda para o Leonir e disse que ele deveria segurar a cabeça da galinha, enquanto ele, com o serrote, cortaria a ponta do bico da ave.

— Duvido que ela fure os ovos de novo, vaticinou Pafúncio.

Definida a estratégia e vendo que ele não mudaria de ideia, Leonir pegou a Esmeralda e segurou a cabeça do bicho, enquanto Pafúncio se preparou para serrar o bico. Ocorre que ele calculou errado e cortou mais do que deveria da ponta do bico. Cortou quase o bico inteiro.

A Esmeralda começou a sangrar e o Pafúncio assustou-se com o estrago. Levou a galinha para a pia da cozinha, pois o sangue estava se espalhando, e saiu correndo, procurando um tubinho de Super Bonder, para tentar colar o bico da ave. Não teve jeito. Nem com a cola instantânea resolveu. O animalzinho continuava perdendo sangue pelo bico.

O Pafúncio, só faltava chorar. Tentou amarrar o bico, colar com fita durex. Nada dava certo. A galinha mal parava em pé, de tanto sangue que já havia perdido, até que o Leonir deu a sentença:

— Vai ter que matar a galinha, Pafúncio!

Sem saber mais o que fazer, Pafúncio concordou.

A Esmeralda foi morta, depenada e virou risoto.

Ao meio dia, o Pafúncio, o Leonir e o restante da família, comeram a amiguinha. O Pafúncio, com aquela cara de arrependimento, de decepção, agarrado na coxinha da amiga. Galinha, nunca mais na casa do Pafúncio. Nem no pátio, nem na mesa.

Cap. 16

PAFÚNCIO E A PERNA MECÂNICA

Durante algum tempo na vida Pafúncio trabalhou no rádio.

Nessa área, existem causos e estórias que dariam cinco livros se alguém resolvesse escrever de verdade.

Existe um ditado que diz que uma emissora de rádio no interior é como uma curva de rio. O que tiver de galho boiando, fica parado ali. Na verdade, não é bem assim. Muitas pessoas incríveis escolhem uma cidade pequena para viver e o fato de ser um profissional do rádio é apenas um detalhe.

Mas o causo do Pafúncio de hoje não é bem dele.

Um dia, trabalhando numa rádio em Chapecó, o Pafúncio conheceu um colega que era diferente. O cara tinha uma perna mecânica. Tinha perdido num acidente de carro e ficou sem a parte do alto do fêmur até o pé. A perna terminava logo perto do quadril e dali para baixo ele usava uma prótese, antiga, sem articulação, de modo que ele mancava terrivelmente. Esse, porém, não era seu único problema. Ele era quase careca. Na verdade, tinha alguns fios de cabelo, que conservava compridos, como a compensar a quantidade reduzida. Pafúncio chamava o colega de Cabeça de Morto, pois parecia aquelas caveiras dos filmes.

O Pereira era pobre. Mas muito pobre. E cheirava mal. Fedia. Era complicado de ficar num ambiente fechado com ele. Um dia Pafúncio reclamou do cheiro, recomendou o uso de desodorantes e banho, e ele, humildemente, explicou que tomava banho todo dia, mas tinha um problema glandular. Logo depois do banho começava a feder de novo.

O problema maior, entretanto, é que ele não era lá um locutor dos mais inteligentes. Mas ele tinha como qualidades, um vozeirão que ribombava, fazia eco. E sabia contar estórias. Vamos chamá-lo de Pereira, para preservar-lhe a identidade.

O Pereira tinha um Fiat 147, que não se explica como conseguia dirigir com a perna mecânica.

Um dia, vindo lá do Eldorado para a cidade, na frente de onde hoje é o Shopping da cidade em Chapecó, bem na avenida, duas prostitutas estavam à beira da calçada, pedindo carona. O Pereira, sem nem pensar duas vezes, parou o Fiat 147. As duas deviam estar numa pindaíba de dar dó, pois nem se importaram com o carrinho e agradeceram a carona para vir até o centro da cidade. No caminho, Pereira queria puxar conversa:

— E aí, meninas, vocês fazem o quê?, perguntou ele.

— Nós fazemos programa, moço, respondeu uma delas.

— Ah, é? Em que rádio?

O Pereira era realmente muito sem noção.

Uma noite, trabalhando na rádio da cidade, na frente da antiga Rua do Canal, que era uma canalização do riacho Passo dos Índios, onde hoje é o Calçadão, Pereira trabalhava de madrugada e deixava o microfone por volta de 5 horas da manhã.

Ele passou o estúdio para o colega e desceu os três andares do prédio. Quando chegou na rua, uma neblina espessa tornava quase impossível enxergar qualquer coisa. Um vapor subia da água do riacho, deixando a neblina ainda mais espessa e o cenário mais tétrico.

Na esquina, de um lado, o posto de gasolina, fechado, com as luzes apagadas, não ajudava muito. Do outro lado, o moinho, com as histórias de fantasmas, surgidas depois que 200 pessoas foram presas no porão, por longos meses depois do linchamento de 1950, cenário assustador naquele horário, chegando a arrepiar o pelo.

E lá vinha, no escuro, encoberto pela neblina, o Pereira, cheirando como um zorrilho, arrastando a perna, com os cabelos esfiapados, parecendo uma assombração. E como já diz o ditado, melhor temer os vivos não é mesmo?

De repente, aparece ao lado dele, um negão de dois metros de altura, com uma faca na mão. Encostou na barriga do Pereira e mandou ver no assalto:
— Entrega o dinheiro ou eu te furo!

O Pereira, que andava numa naba daquelas, tentou argumentar:
— Olha moço, hoje você me pegou meio desprevenido, com aquela voz que parecia um trovão. "Não tenho um pila no bolso..."
— Ah, é? Então toma!
E o negão mandou uma facada com toda a força, no Pereira.

A faca penetrou fundo, mais de 15 centímetros na perna... mecânica. Pafúncio conta que o Pereira levou um susto e olhou com os olhos arregalados para a cara do negão.

O negão tentou puxar a faca de volta, mas ela ficou presa na perna mecânica. Então ele olhou surpreso e assustado para a cara do Pereira, que estava com aquele olhão arregalado para ele. O assaltante largou a faca e saiu correndo.

O Pereira começou a rir da situação e saiu mancando na neblina, com a faca cravada na perna mecânica. Depois do susto, rendeu uma estória engraçada.

— Poxa vida, não é que rasgou a minha calça? Se bem que agora é moda andar por aí com a calça rasgada.

O ladrão correu até o banco que ficava na próxima esquina, com o coração aos pulos, quase saindo pela boca. Olhou para trás e não vinha ninguém. Então, colocou as mãos no joelho e se agachou um pouco para respirar:

— Com tanta gente para assaltar fui pegar logo um zumbi? E o pior é que ainda perdi minha faca...

Cap. 17

UM CASO DE AMOR COM A BICICLETA

A primeira bicicleta a gente nunca esquece. Tá. Não era bem assim. Era uma menina e o que ela nunca esqueceria era o soutien.

Mas no caso do Pafúncio, era uma Monareta, a bicicleta infanto-juvenil da Monark, a principal concorrente da Calói.

Quando ganhou a sua Monareta, Pafúncio fez muito mais do que realizar um sonho. Ele se transformou no menino mais feliz do mundo. Não havia bicicleta mais linda, mais perfeita, mais incrível do que a sua. Era um verdadeiro caso de amor, talvez o primeiro caso a afetar profundamente o seu coraçãozinho infantil.

Os dias que se sucederam à chegada da Monareta foram fugazes. O dia amanhecia e quando menos se esperava, já era noite. As ruas de terra viram poucos tombos. Aprendeu a andar quase instantaneamente. Em uma semana, a sua brincadeira favorita era empinar a Monareta e pedalar apenas com a roda traseira no chão, o máximo da ousadia.

Pafúncio era curioso. Sempre foi.

Uma vez, sua mãe usou o dinheiro suado que ganhava trabalhando de cozinheira, faxineira, o que tivesse, para comprar um rádio. Era um rádio Motorola, com umas madeirinhas na frente, comprido e, novidade, sem válvulas! Era transistorizado.

A novidade fustigou a curiosidade do Pafúncio. No dia seguinte, quando a mãe foi trabalhar, ele muniu-se de chave de fenda, chave Phillips, chave de boca e começou a estudar o aparelho. Abriu a parte traseira, olhou, olhou, e resolveu desmontar o rádio. Peça por peça. Foi tirando e colocando com cuidado sobre a mesa, para remontar depois.

O problema é que naquele tempo não tinha YouTube nem manual de remontagem de rádio. No final, estava todo o rádio desmontado, mas ele não lembrava como recolocar cada peça em seu lugar. O resultado foi que não teve jeito. O aparelho não foi remontado e a mãe do Pafúncio ficou sem rádio.

No caso da bicicleta, não!

Com as semanas se passando, pneu furado, freio acabado, correia soltando, ele foi aprendendo a fazer os consertos necessários para o perfeito funcionamento da bichinha. Comprava adesivos na livraria e ia enfeitando a bicicleta, sua companheira de aventuras.

Com a bicicleta, Pafúncio ganhou a liberdade de andar por onde quisesse, cidade afora. Um dia, descendo da Vila Fátima em direção à sede do Clube Comercial, na Vila Vergueiro, assim, no meio da descida, a bicicleta ficou sem freio. A velocidade foi aumentando, à medida em que avançava pelo declive.

Quando estava na metade da descida, duas coisas importantes aconteceram. A primeira é que ele não conseguia mais parar. De jeito nenhum. Tentou todas as formas imagináveis e nada deu certo. A segunda era que, ao final da descida tinha algo no meio da rua, que de longe ele não conseguia identificar. Parecia um monte de terra.

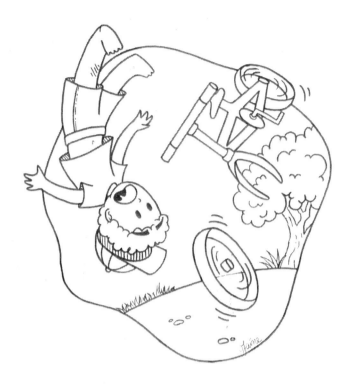

A velocidade foi aumentando e a imagem ficou mais nítida.

Era mesmo uma camada de terra de mais ou menos um metro de altura, de lado a lado da rua. E agora? O pior pesadelo do Pafúncio estava à sua frente. Era uma vala aberta pela empresa de Tratamento de Água e Saneamento da cidade, atravessando a rua, para uma obra de canalização. Um buracão de um metro de fundura de lado a lado da rua e, ao lado dele, um monturo de terra de igual tamanho e extensão.

O tombo foi inevitável. Ele ainda tentou saltar, para não cair dentro do buraco, mas foi parar de cara no monte de terra. A bicicleta? Esbodegou-se toda, mas nada que o Pafúncio não pudesse consertar.

Uma das brincadeiras favoritas do Pafúncio eram os saltos.

Perto do CTG Lalau Miranda, em Passo Fundo, tem uma ponte sobre o Rio Passo Fundo. Por cima, passava o trem. Mas isso é bem antigamente. Era uma ponte de concreto de mais de duzentos metros de comprimento. No meio dela, uma camada de britas e sobre as britas, os dormentes e os trilhos. No final da ponte, mais cascalho, dormentes e trilhos.

Ao lado dos trilhos, ficava uma verdadeira e perfeita pista de concreto, lisinho, construído para uma pedalada incrível. Ao final, um degrau de quase um metro, para saltar com a bicicleta sobre as britas. Quando as rodas tocavam no solo, era cascalho voando para todo lado e uma exibição de maestria e habilidade para controlar o guidão e manter-se equilibrado sobre a Monareta.

Uma tarde, ele e sua bicicleta se divertiam nessa brincadeira.

Num dos saltos, porém, deu tudo errado. Pafúncio caprichou na pedalada para dar o maior salto de sua vida. Quando ganhou os ares, viu uma coisa aterrorizante! A roda dianteira da bicicleta simplesmente saiu andando sozinha, na frente! O tombo é que foi infame. O garfo da bicicleta cravou nas britas, a roda traseira levantou e o Pafúncio foi de cara, braços, peito e pernas sobre o cascalho. Não teve uma parte que se salvou do estrago, ao lembrar chego a sentir a dor, e que dor!

Pior foi voltar para casa. Todo esfolado, doendo até a alma, e carregando a sua amada bicicleta nas costas, miseravelmente detonada.

Cap. 18

PAFÚNCIO ROUBOU UMA MULHER CASADA

Essa história aconteceu em Campo do Meio, entre Passo Fundo e Vacaria, há mais ou menos uns 70 anos. É do tempo em que se andava a cavalo, pois quase ninguém tinha automóvel.

Era verão, e tinha um baile em Campo do Meio, que reunia gente de todos os lugarejos próximos. Vinha gente do Muliterno, da Cruzaltinha, a polacada de Casca e até umas gringas de Ibiaçá e de Marau. Nesse dia, tinha até uns caboclos lá dos lados de Lagoa Vermelha.

O salão já tinha luz elétrica, que o governo tinha mandado ligar de uma rede que passava por Passo Fundo, Lagoa Vermelha e ia dar lá na Vacaria dos Pinhais. Era um salão bem conservado, de madeira de lei, onde naquela noite o Joãozinho, gaiteiro bom de baixo, não se apoquentava com os pedidos de vaneira e vaneirão. Romelindo meio que acompanhava num bombo leguero carcomido pelo tempo, fazendo a marcação.

A gaita roncava no salão e o Pafúncio, todo animado, reforçava nos goles, junto com seu tio Ademir, irmão de seu pai Manoel. Os dois, encostados na copa, espiavam o movimento.

O Monteiro, mestre-sala de primeira, batia com o pé no chão, e os casais iam se enfileirando para dançar o xote carreirinha, sinal de que o baile estava começando de verdade.

O Pafúncio sempre foi um gaudério bem pilchado, mas nessa noite ele tinha se esmerado um pouco mais, levando um chapéu de barbicacho tapeado nas costas, uma bota lustrosa, feita sob medida lá no Florentino Nevis, em Passo Fundo, e uma guaiaca recheada de pilas, apresilhada na cintura e cheia de salamaleques de prata, já que ele não era um gaúcho fraco.

Pafúncio tinha ido com uma égua tordilha, pela qual tinha muita estima chamada Lilica, já chegada de idade, mas um animal muito forte e bonito. As montarias ficavam amarradas a uns 80 metros de distância do salão, todas juntas.

O salão não era grande, mas tinha uma varanda, numa altura de mais ou menos um metro do chão. Era o local onde as prendas e os peões tomavam um ar, depois de emparelhar umas quantas marcas, que o gaiteiro caprichava na gaita ponto.

Pafúncio conta que o Tio Ademir, já falecido – foi morto por um marido ciumento, se não me engano em Bom Retiro, já em Santa Catarina, era muito festeiro, um tipo de gaúcho pachola, que gostava de uma fuzarca mais até do que um churrasco de costela gorda. No meio do baile, os dois já meio altos de canha, Pafúncio mostra uma morena flor de ligeira que estava com o marido e mais dois gaudérios e não parava de abrir cancha para ele.

A morena era maleva, se refestelava na dança, fazendo trejeitos com os cabelos meio encaracolados, de uma forma que sempre, entre um requebro e outro de vaneira, conseguia lançar uns olhares de relance pro Pafúncio, daqueles que prometiam que a ousadia iria valer a pena.

— Vou roubar aquela morena, disse Pafúncio pro Tio Ademir.

Ademir, como era parceiro pra tudo, incentivou:
— Rouba mesmo. Tu faz o seguinte: traz a tordilha até o lado da varanda e diz pra morena pular na garupa e te manda. Se o marido e os outros dois

quiserem ir atrás eu arrumo uma confusão no salão, só pra atrapalhar.

Dito e feito. Quer dizer, mais ou menos.

Pafúncio foi até o lugar das montarias, pegou a tordilha e encostou na varanda. A morena, que era meio magrinha, pulou na garupa e os dois saíram estrada afora. O problema é que o povo que estava na varanda começou a gritar e dar risada, alertando o marido e os comparsas, não dando tempo para o Tio Ademir arrumar confusão.

Enquanto os três corriam para pegar os cavalos, Pafúncio abriu uns 700 metros de distância e juntou a tordilha na espora. Os três saíram na perseguição, fazendo um gritedo, parecendo aqueles índios dos filmes de faroeste americano. O tropel levantava poeira, e a cachorrada na beira dos ranchos próximos completava o alarido.

O Pafúncio, na carreira, quase atropelou o Dutra, que saia com dois guaipecas e uma winchester na mão, para uma caçada de tatu.

Pafúncio percebeu que a égua estava resfolegando e a distância diminua, quando chegou num trecho de estrada que tinha mato dos dois lados. Deu de rédea e enveredou pro meio do mato, levando unha de gato pelos peitos. A manobra deu certo, mas a camisa se perdeu. Os três passaram reto, gritando e juntando os cavalos na chincha. Depois do mato tinha uma encruzilhada e os três perderam a pista, desistindo da correria.

Pafúncio, no meio do mato, desencilhou a tordilha e se acomodou com a piguancha nos pelegos. No meio das árvores, a lua espiava o casal. A morena era mais quente do que brasa de laranjeira e corcoviava mais do que potranca mal domada. Quando começava a clarear o dia, dormiram e o tempo foi-se embora. Era umas dez horas da manhã quando Pafúncio acordou com a cantoria de um sabiá, olhou pra morena e pensou: o que fazer agora com essa mulher?

Acordou a piguancha e disse:

— Te ajeita que vou te levar para casa.

Ela disse que não voltava pro marido, que queria ficar com ele, que o marido ia bater, ao que Pafúncio retrucou:

— Bate nada. Tu vai chegar chorando bastante, dizendo que se arrependeu, que não quer ficar comigo, que quer ficar com ele.

E assim fizeram. Encilhou a égua, colocou a morena na garupa e se foram para a casa dela. Lá chegando, estavam os três, sentados na frente da casa, mateando, e provavelmente decidindo o que fazer. Foi quando Pafúncio chegou a uns 50 metros e a morena apeou chorando.

O marido se levantou e disse que iria dar-lhe uma tunda, quando Pafúncio, com o relho em riste, de cima da montaria, mandou o recado:

— Vai bater nada. Se tu fizer qualquer coisa para ela, eu volto aqui e te cago de pau!

E virou-se, chamou a eguinha na espora e foi se embora, pensando:

— Eita, tordilha de fundamento, tchê.

Tio Ademir morreu anos depois. Pafúncio conta que o marido aceitou a mulher de volta e ela não apanhou. E porque os três não saíram atrás dele? Mas índio velho, até encilhar os cavalos, o Pafúncio e a égua tordilha já estariam longe...

Cap. 19

O GALO MISSIONEIRO FICOU TRAVADO

O Pafúncio era um frequentador das rinhas de galo, das antigas, daqueles que cuida dos galos como animais de estimação. Um bom galo brigador vira gente da família, vale muito dinheiro, ganha nome e fica famoso na vizinhança.

Teve uma época que ele tinha muitos galos de rinha. Uns eram para colocar nas querelas do interior de Passo Fundo, outros eram só para criar, e alguns, menos nobres, viravam brodo.

Mas Pafúncio nutria especial estima pelo Missioneiro.

Galo vermelho sangue, com algumas penas mais escuras, espora avantajada, crista alta, meio dobrada para a esquerda. Peito sempre elevado e a cabeça altiva, perfeitamente alinhada na horizontal com as pernas longas e musculosas de lutador.

O Missioneiro era afamado em toda a região. Já tinha ganho mais de 30 combates, alguns renhidos e difíceis, sem nenhuma derrota. Destemido, já entrava nas lutas partindo para cima do oponente, parecendo um gaudério na disputa de uma prenda faceira, disposto a dar a vida pela aposta.

Pafúncio, lógico, ganhava muito com isso. As apostas eram altas. Funcionava assim: na amarração, já se acertava a premiação maior. Na hora da luta, tinha também as apostas abertas, que os donos dos galos faziam na frente do gerente da rinha, e que os assistentes também aproveitavam para tentar ganhar dinheiro com os palpites.

No caso do Missioneiro, quem apostava, ganhava com certeza.

Ocorre que tinha um outro galo, chamado Indomável, cujo dono era um fazendeiro lá das bandas de Coxilha, que também estava invicto. Pafúncio disse-me que o bicho era bom. Um galo de respeito. Os dois acertaram a luta, por 10 mil contos, para dali a 30 dias.

O Pafúncio passou uns dias pensando em como garantir a briga. Lembrou que nas carreiradas tinha gente que costumava dopar os cavalos. E ele pensou: será que não dá para dopar um galo?

    Pensa daqui, pergunta dali, disseram que aquele tipo de coisa só se conseguia no Uruguai. Lá foi o Pafúncio pra Rivera, afinal, 10 pilas não era pouco.

    Conversou com umas quantas pessoas e chegou num veterinário que lhe vendeu um vidrinho, explicando que aquilo era dose para um cavalo. Já para um galo, deveria colocar uns 10% do líquido, no máximo, uma meia hora antes da luta.

    No dia marcado, Pafúncio colocou o galo na Rural velha, o vidrinho no porta-luvas, e uma seringa, já com a medida certinha para aplicar quando chegasse no local. Mas tu sabes que as estradas pros lados de Mato Castelhano nunca foram grande coisa e no meio dos solavancos aconteceu a desgraceira.

    Quando chegou no local, pegou o Missioneiro, botou no meio das pernas, ainda na Rural, pegou a seringa e levou um susto. Não é que tinha vazado tudo, ficando ele sem a medida? E agora?

    Já meio escurecendo, no lusco-fusco, pegou o vidrinho do porta-luvas e nem prestou muita atenção nas medidas. Aplicou a injeção no Missioneiro e, bem pachola, entrou na rinha com o galo embaixo do braço. O local estava apinhado de gente de tudo que é lugar. Tinha gente até de Pulador, de Ciríaco, de Campo do Meio. Parece que veio vivente até lá dos lados do Rio Marmeleiro, do Espigão Alto, no interior de Barracão.

Feita a massagem no galo, dava para ver que ele estava meio estranho. Missioneiro tinha os olhos esbugalhados e sanguinários, arfava e as penas estavam eriçadas. Pafúncio, que nunca tinha dopado um galo, achou que era assim mesmo a reação.

O Missioneiro foi o primeiro a entrar na rinha. Ficou daquele jeito de sempre, peito pro alto, pronto pra briga. Quando o Indomável entrou, não se ouvia um pio da gauchada. Dava para ver no ar a movimentação da poeira. Olhos atentos, mãos suadas, esperando a grande briga. O Indomável partiu pra cima e, para surpresa do Pafúncio, o Missioneiro travou. De tão dopado que estava, ficou parado, parecendo uma estátua, enquanto a espora do Indomável ia fazendo estrago. Ao ver o galo afamado apanhando daquele jeito, Pafúncio, que tinha gosto pelo bichinho, entrou na rinha e pegou o Missioneiro, entregando a luta.

    Pafúncio tinha até feito mais algumas apostas, além dos 10 pilas. Dinheiro jogado fora porque ele exagerou na dose. O coitado do Missioneiro apanhou igual garnizé. É brabo, quer brigar, mas não consegue.

    E o pior foi que não dava nem para reclamar. Dizer o quê? Dopei meu galo mas exagerei na dose? Não dava.

Depois dessa luta, Pafúncio nunca mais quis saber de rinhas de galo.

E o Missioneiro? Continua lá, de peito estufado, galo velho, salvo da morte certa pelo dono. Com certeza, ainda se gaba, nos papos com as galinhas que o cercam, nas cacarejadas dos terreiros.

Cap. 20

PAFÚNCIO E A ESTIAGEM DOS ANOS 40

Pafúncio garante que foi a maior estiagem que já se viu no Sul do Brasil. Agora falam de falta de água, de racionamento, essas coisas. Para ele, isso é modernice. Naquele tempo, ah, naquele tempo... não dava nem para mandar a madeira para a Argentina pelas balsas do Rio Uruguai.

O povo andava sem dinheiro, a colônia quase não colhia e não tinha nada para vender. O jeito era se arrumar matando uma galinha, um porquinho, alguma novilha para garantir o sustento da piazada. Quando o porco era grande, dava para fazer banha e guardar carne dentro da lata.

Lá pros lados de Vila Oeste, que hoje é São Miguel do Oeste, andou correndo um surto de febre tifoide, que matou muita gente. Pafúncio conta que tinha o padre Aurélio, que transformou o salão da igreja num hospital improvisado e, misturando orações, promessas, um pouco de crendice e a ajuda médica necessária, salvou a futura cidade. Virou herói em Santa Catarina.

Aqui, pr'esses lados de Ciríaco, Cruzaltinha e Campo do Meio, também tinha seca. Mas nessa época, o pessoal estava construindo a estrada velha e as obras já estavam chegando lá na Linha Trinta e Cinco. O pessoal já estava prometendo que até linha de ônibus iria ter, saindo de Ciríaco até Passo Fundo e que não duvidassem, pois, a linha poderia ir até Lagoa Vermelha!

    Pafúncio conta que nessa época, além da seca, andou aparecendo nuvens de gafanhotos, que comiam tudo. Ali pros lados da Água Santa, diziam que os bichos andavam comendo até a grama.

    O certo é que no dia 12 de outubro de 1947, teve a festa de Santa Terezinha. Não era pra ser nesse dia, explica o Pafúncio, mas se resolveu fazer a missa para a santa, já que a bicharada estava comendo o que a seca não destruía nas plantações.

Pafúncio, que não é tão religioso assim, conta que selou o zaino de pata branca, um cavalito manso que vivia pastando ao redor da casa. Foi para a missa e lembra que o padre Willibaldo Szotka rezou uma daquelas missas que ninguém esquece. O Belotti e a Rosileine, o Joelson e Carmélia, ali dos Ribeiros Silva, cuidavam da churrasqueira e da copa.

O Pafúncio lembra que o padre Willibaldo fez um sermão com a Florzinha de Carmelo, dizendo que isso era o milagre que todo mundo estava esperando.

Fazia uma semana que tinha acontecido a festa e o Santini ficou doente. Parecia essas histórias que agora contam no rádio e na televisão, explica o Pafúncio.

O problema é que o Santini já era idoso, passando dos 90. Um gringo daqueles boa gente, corpanzil avantajado, e meio gordo. É o típico paciente em grupo de risco, que nem dizem agora. Ele foi transferido pra Caxias, onde tinha mais recurso. Pegaram até um chofer de aluguel, num carro de praça, ali da Marechal Floriano, em Passo Fundo, para o transporte.

O Pafúncio, passou mais uns dias, resolveu visitar o Santini lá no hospital. Não era que nem agora, que tem que usar máscara, que não dá para chegar perto.

Era tudo meio campeiro, e o Pafúncio foi chegando. Lá na enfermaria, meio arrenegado, encontrou o amigo.

— Ô, Gringo, como que tu estás?, perguntou o Pafúncio.

— "Pos óia", disse Santini, naquele sotaque bem carregado. "Não tô muito bem não".

— Ué, mas porquê?, quis saber o Pafúncio.

— Ma ciao che mangiamo!, Má non serve né un pezzo di queso né una coscia di salame!

É, Pafúncio! O gringo tem razão. Quem pode se recuperar sem um pedaço de queijo e uma perna de salame?

Cap. 21

PAFÚNCIO E A LARANJEIRA NA VERA CRUZ

Lá pelos anos 70 ou 71, a gente era meio criança, ainda, e tinha como brincadeiras um monte de atividades que nem existem mais.

Era o máximo brincar de caubói, que a gente sem saber nada de inglês chamava de "camói". O incrível era fazer o papel de xerife, enquanto a gurizada fazia o de bandido. Tinha revólver de madeira, alguns até com mecanismo de borracha para lançar balas de bolinha de cinamomo, que a gente chamava de "cinamão".

Eu, o Pafúncio, a piazada do seu Adão, que tinha o Leandro, o Carlos, o Pedro, o Edgar, o Plinio; a turma do alemão Scherer, que incluía o Lagarto, o Lagartixa e o Lagartão; o Ariel, o Toninho, o Fernando, e a minha prima, Cleusa, que por ser a mais alta de turma, a gente chamava maldosamente, já em tempos de bulling, de Xerife Babalu.

Quase todo mundo morava na Vila Victor Issler, em Passo Fundo, que era muito diferente de hoje. Era um lugar de chácaras, com poucos habitantes e distante uns mil e quinhentos metros do centro da cidade.

Até 1971, a gente estudava no Colégio Ana Luíza, da Vila Dorinha, e era tudo perto. Ali se estudava pela manhã, pois era ensino fundamental e nós éramos crianças. No final de 71, veio a reforma educacional, que acabou com o Exame Admissional, que se fazia para ingressar no que seria hoje o equivalente à 5ª série.

Passo Fundo era uma cidade grande, na visão dos parentes, que saiam de Barracão, de Paim Filho, de Machadinho, de Severiano de Almeida ou do Campo do Meio, para visitas de final de ano, que duravam semanas inteiras.

Tinha trem de passageiros, que se pegava na estação rodoviária, onde hoje é o Parque da Gare. Bancos de madeira, o trem ia sacolejando no balanço dos trilhos, em viagens infindáveis, que podiam durar dias inteiros. O legal é que tinha até restaurante no trem! Você podia comprar lanches, café ou refrigerante, o que tornava a viagem menos entediante.

O Pafúncio me lembra que a estória é sobre a escola.

— Para de viajar, me recomenda ele...

Tá certo.

A gente ia em bando para o Colégio Ernesto Tochetto, na Vila Vera Cruz, no final da tarde, para as aulas noturnas. Primeiro, todo mundo se reunia na casa do Ricardo, que era o único que tinha televisão, para assistir As Aventuras de Rin-tin-tin.

    Como era todo mundo da mesma idade, de 11 a 13 anos, a caminhada da Vitor Issler até a Vera Cruz era uma festa. Risadas, brincadeiras e a extrema aventura que era atravessar o cemitério da Vera Cruz. Subir no muro para ver o cemitério Israelita, que era um cemitério dentro do outro, separado pelo dito muro. Diziam que lá enterravam as pessoas de pé... e tinha pedras em cima dos túmulos. Mistérios para a mente da criançada.

    O que se aprontava era pura diversão.

    O Pafúncio era mestre em roubar flores no cemitério e, na maior cara de pau, levar para a professora e entregar na frente da turma com aquele jeitão de inocente. E todo mundo sabendo que eram flores roubadas dos túmulos!

Perto dos trilhos da Vera Cruz tinha uma casa bem antiga, que ficava nos fundos de um terreno de esquina, que diziam ser de um velho muito bravo e que tinha uma espingarda.

O problema é que bem na esquina, tinha um grande pé de laranja, que ficava amarelo de frutas durante o inverno. Um desafio para Pafúncio e a turminha.

Conversa vai, conversa vem, resolvemos um dia roubar laranjas. Mas não dava para só entrar, pegar e sair correndo. A gente poderia levar um tiro de espingarda. Também não dava para todo mundo entrar e subir no pé de laranja. Então, montamos um plano infalível. Ficaria todo mundo cuidando o velho, enquanto o Pafúncio subiria na árvore e jogaria as laranjas para a gente. Dito e feito.

Pafúncio subiu, começou a jogar laranjas e a gente pegava e ia colocando na camiseta, assim, na barriga, sabe como é? Entretidos na coleta de laranjas, catando uma a uma no chão, não vimos a aproximação do dono da laranjeira.

Quando percebemos, o velho estava a uns três ou quatro metros da gente! Foi só o tempo de pegar os livros, cuidar para não perder as laranjas e sair correndo em disparada em direção ao Ernesto Tochetto. Nem deu tempo de avisar o Pafúncio, que estava no alto do pé de laranjeira...

Depois de mais de uma hora, já na escola, apareceu o Pafúncio. Rodeado pela garotada, ele contou que o velho nem era tão bravo, mas lhe deu uns cascudos e deixou levar umas laranjas. Nós também tínhamos guardado algumas para o Pafúncio.

Eu te falo, meu amigo, de verdade: me lembro até hoje que nunca chupamos laranjas tão doces...

Cap. 22
BOMBA NO CECY E A LEI DE SEGURANÇA NACIONAL

Dizem que o sujeito que é incendiário quando jovem, vira bombeiro depois de velho. Com o Pafúncio aconteceu mais ou menos assim.

Quando tinha lá pelos 16 anos, mais ou menos, andava flertando com umas ideias de esquerda, lia uns livros bolorentos e sem capa com as ideias de um cantor e compositor que tinha como referência no momento, que um colega das oficinas de um jornal de Passo Fundo tinha emprestado. E algumas escritas de pensadores, Trotski, Karl Marx e o Capital, essas coisas que a queda do muro de Berlim derrubou junto com o concreto.

Ele e o amigo Heitor Stalin participavam de reuniões "altamente secretas", pois isso era indispensável para valer a pena, nos anos 70, em plena ditadura, o tempo do governo militar. Em Passo Fundo, isso era ainda mais significativo, pois tinha a unidade do Exército.

Rebeldes, cabelos compridos, tudo era um charme a mais, que os dois exploravam legal, em tempos de juventude e novidades.

O legal das reuniões é que sempre tinham garotas, o que tornava ser assim, meio rebelde, uma forma de conquista e de marcar pontos com a meninada. Reuniões, de preferência com garrafões de vinho, discussão política e, lógico, algum rala e rola, porque, afinal, ninguém é de ferro.

As coisas andavam meio à deriva, sem grandes novidades. Era um tal de receber matérias, o Jornal Pasquim e revistas com leituras sobre doutrina política e conversas sem compromisso com as garotas, enquanto a Instituição qual frequentávamos, prosseguiam as aulas no Curso de Redator.

A doutrinação era tanta que, numa comemoração do Dia do Estudante, o Pafúncio foi escolhido para fazer um discurso e, todo rebelde, foi lá e adaptou o Manifesto Comunista de Karl Marx à condição dos estudantes, ao invés de trabalhadores. Extrema ousadia, sem a menor consequência, apesar dos tempos de ditadura.

Nessa época, fumar também era uma questão de afirmação social. O cara que fumava já não era mais garoto. E, na escola, fumava-se! Não durante a aula, mas no intervalo, fumava-se dentro da sala ou no corredor.

Num dia desses, o Cesar trouxe uma novidade. Tirou do bolso uma caixa de fósforos, cheia de pólvora. Ao lado da janela tinha uma cortina grande, de tecido, para impedir que o sol atrapalhasse as aulas.

Naquele intervalo, o Pafúncio fumava e os dois, animados com a pólvora, não tinham, nem ideia do que fazer com aquilo.

Tem horas, porém, que a cabeça se confunde e algum capetinha sugere uma besteira. E a gente nem pensa. Foi certamente numa hora dessas que o Pafúncio teve a genial sacada de encostar a brasa do cigarro na caixinha de fósforos, cheia de pólvora.

O que aconteceu foi espantoso. Uma explosão e uma nuvem de fumaça provocaram correria desabalada de todo mundo que estava nos corredores, nas salas de aula, esperando o intervalo terminar. A nuvem de fumaça era tão espessa que dentro da sala não se enxergava nada.

Minutos depois, dissipada a fumaça, Pafúncio percebeu que a cortina e sua camisa tinham ficado cheias de pequenos furos, devido à queima da pólvora. Nenhum estrago mais significativo. Mas já era tarde. Levados, ambos, à sala do diretor, que a essa época era o professor Geraldo, foram suspensos por uma semana.

Para piorar, os pais foram chamados à escola e tiveram que pagar os prejuízos, no caso, o estrago provocado na cortina.

Pafúncio lembra até hoje da bronca do professor:

— Vocês trouxeram um artefato explosivo para dentro da escola! Detonaram esse artefato! Podem até ser processados pela Lei de Segurança Nacional!

Ele estava certo. Foi uma burrice gigantesca. Acho que foi nesse dia que o Pafúncio começou a virar bombeiro...

Cap. 23

PAFÚNCIO, A CHUVA E A IGREJA DE SÃO MIGUEL

Lá por 2004 ou 2005, aconteceu um evento em São Miguel do Oeste que ficou na história. Na história do Pafúncio e seus dois amigos.

Ele veio até a cidade para um evento de família – aniversário de 15 anos, sabe como é. Tinha gente de todo lado. De Passo Fundo, de Caçador, de Chapecó. A maioria não conhecia a cidade e mal sabia se localizar. O Pafúncio guardou uma referência: a igreja matriz de São Miguel Arcanjo ficava a meia quadra do apartamento onde ele estava hospedado.

    Naquele final de semana estava sendo inaugurada uma casa de shows. Foi um evento que reuniu centenas de pessoas, na Waldemar Rangrab. Gente jovem e bonita de todo lado, muito agito, DJ, música legal e o pessoal que veio de fora para o aniversário, lógico, não iria perder. Tinha até um show de dança dos "Gêmeos do Big Brother Brasil", que as garotas queriam ver, de qualquer jeito.

    O Pafúncio, e os irmãos o Daniel e o Gabriel, seus amigos, se prepararam para a balada. Os três, num carro só, para economizar gasolina e usar o dinheiro na cerveja. O Gabriel de motorista, pois o carro era dele.

    A noitada foi boa, todo mundo aproveitou para caprichar na cerveja, menos o Gabriel, que tinha que dirigir.

Pafúncio e o Daniel, só na farra. Até se deram bem com as garotas. Lá pelas três horas da manhã, o Gabriel, sem bebida e sem companhia, resolveu ir dormir. Perguntou se alguém queria carona, mas Pafúncio e Daniel, bem acompanhados, nem pensavam em deixar a festa e muito menos as garotas. Seus planos eram outros. Lá se foi a carona embora, mas isso não seria problema, já que eles estavam muito bem acompanhados, cada um com uma loura.

No meio da noite começou a chover. E chuva em São Miguel do Oeste, quando vem, vem com vontade. Não é à toa que o santo padroeiro da cidade é São Miguel Arcanjo, o santo dos madeireiros, dos balseiros, de quem depende das chuvas e da água. O tempo foi passando e o céu desabando. Pafúncio e seu amigo, nem bola para os raios e trovões.

Lá pelas 5 e bico da madrugada, acabou a festa. Todo mundo se preparando para ir embora, a Casa de Shows ficava longe, uns cinco quilômetros do centro da cidade e a chuva forte, que Deus mandava, não parecia ter nenhuma intensão de dar trégua.

Pafúncio e Daniel, com as garotas, foram se dirigindo para a saída, quando uma delas perguntou:

— Vocês estão de carro?

Uma sensação estranha tomou conta do ar.

— Nós estamos a pé. Vocês estão sem carro?, perguntou o Pafúncio.

As meninas nem responderam. Viraram as costas e sumiram, em busca de uma carona qualquer.

Os dois amigos ficaram na mão. Sem transporte, sem companhia, sem conhecer ninguém e a cinco quilômetros de casa, sem saber sequer o endereço ou o caminho. Perdidos na noite, no meio da tempestade. Eles, altos na cerveja, só lembravam de uma coisa: o apartamento ficava pertinho da igreja matriz.

E lá se foram os dois, pela Waldemar Rangrab, quase amanhecendo, domingo de madrugada, a pé, levando um aguaceiro no lombo, bêbados, e sem saber a direção de casa.

Mas o Pafúncio sempre repete o ditado de "quem tem boca vai à Roma", e o jeito era perguntar. A cada guardinha de quarteirão que encontrava, mandava a indefectível pergunta: você pode me dizer por onde eu vou para chegar na igreja católica?

Os guardinhas, vendo a dupla encharcada de álcool e de chuva, duvidavam do cândido interesse religioso de buscar a matriz da igreja católica, naquele estado, naquela hora da manhã, e devolviam a pergunta:

— Vocês têm certeza que estão procurando mesmo a igreja católica?

Os dois "garanhões" ficaram a pé e na mão, numa madrugada em São Miguel do Oeste. Até hoje, essa história rende gargalhadas nos encontros da família.

Cap. 25

SERÁ QUE O PAFÚNCIO TEM MEDO DE VISAGEM?

Dia desses o Pafúncio apareceu lá em casa, acompanhado do Niederauer. Você sabe que os dois são mestres em contar estórias.

Eu falei pra eles: olha piazada, vocês já estão branqueando o cerro e tem que se cuidar com essa tal de pandemia. Queriam mate e eu fiz, mas cobrei pelo menos uma lorota boa.

O Niederauer disse, então, que o Pafúncio tem medo de assombração.

Mas então tá!

O Pafúncio ficou meio encabulado e lembrou que Miguel de Cervantes, há 460 anos já dizia: "Yo no creo en brujas, pero que las hay, las hay"... pra justificar não o seu medo, mas o receio das coisas do além.

Eu, então, perguntei sobre aquelas estórias de visagem que os mais velhos sempre falavam lá no Campo do Meio.

Eu soube que o meu trisavô teve a sepultura violada, anos depois do enterro, porque tinha gente que estava procurando panelas ou ouro, que os antigos enterravam. Se é que enterravam. Lá pr'aqueles lados de Cruzaltinha essas estórias são contadas nas rodas de mate.

O Niederauer disse que no caminho o Pafúncio vinha contando justamente uma estória dessas.

Então Pafúncio resolveu contar.

Uma noite descendo, lá pelos meses de outubro ou novembro, meio lusco-fusco, uns 50 anos atrás, na estradinha velha de Campo do Meio a Ciríaco, Pafúncio disse que estava a cavalo, dando uma olhada nas terras do Dutra, quando percebeu que tinha um piazinho parado do lado do barranco.

— O que tu quer, guri, perguntou Pafúncio, enquanto olhava pro outro lado para ver se tinha alguém com o menino. Não viu ninguém. Quando virou de volta pro guri, cadê ele? Não tinha ninguém.

Diz o Pafúncio que correu uma descarga elétrica na espinha e todos os cabelos ficaram em pé. Como ele é sujeito safo, deu de rédeas e voltou para casa pensando. Isso é a tal de visagem. Isso é coisa de panela de ouro. O menino queria mostrar onde tem tesouro enterrado.

Falou com a Esmeralda, que toda apavorada como é, já disse: tu não vai lá de novo. E ficou aquela discussão, Pafúncio vai, Pafúncio não vai...

O certo é que o Pafúncio foi.

Uns 10 dias depois, ele pegou o cusco, aquele mais magricela e medroso, e se mandou pra estradinha velha de novo.

Anda daqui, anda dali e nada do guri.

De repente, há uns 50 metros, em cima de um palanque, o Pafúncio viu uma vela acesa. Buenas. Vamos ver o que é. Foi chegando mais perto, com a rédea curta no picaço, para ele não se assustar.

Quando chegou perto, a vela sumiu e apareceu uns três palanques mais para frente. Andou um pouco mais, a vela andou para frente. E assim foi uns 400 metros.

De repente, do lado de uma macega, quase nas pernas do Pafúncio, levanta voo um perdigão. Foi um estrafego. O cusco latia desesperado, o picaço deu uma empinada e o Pafúncio foi ao chão. O perdigão passou espavorido raspando no chapéu do Pafúncio.

Passados uns minutinhos, não tinha vela, não tinha piá e o cavalo desconfiado, rodeava ao redor do Pafúncio sem deixar montar. Depois de algum tempo, conseguiu e voltou rapidinho para casa. A Esmeralda não sabia se ria ou se xingava.

A verdade é que o Pafúncio nunca mais saiu por aquela estrada velha do Campo do Meio. Vai saber... ainda hoje ele acha que o guri só queria que acendessem uma vela pra ele mostrar o tesouro. Mas agora, xirú, o Pafúncio já tá muito encasquetado pra essas aventuras de aparição.

Cap. 26

PAFÚNCIO E O MOTORISTA MALUCO

Pafúncio foi convidado para trabalhar no rádio. Isso foi no Dia de Finados de 1984.

Já fazia tempo que ele andava flertando com o rádio, mas a oportunidade ainda não tinha chegado. Uns dias antes daquele primeiro de novembro, por obra do destino, os astros conspiraram para que isso acontecesse.

No início de outubro, Pafúncio fazia reportagens para um jornal semanal, em Maravilha, quando deu o famoso vendaval, que matou cinco pessoas e quase destruiu a cidade. Os veículos de comunicação corriam atrás de alguém que tivesse alguma informação. E o Pafúncio ali, disponível, com fotos, telefone e tempo para informar.

Resultado: nosso herói falou em tudo quanto é rádio. Até na Guaíba, que naquele tempo pegava nos 730 e entrava com força em todo o Sul do Brasil.

O certo é que na rádio, falou muitas vezes, sob a coordenação do falecido jornalista Ademar Baldissera.

Passadas as semanas, o jornal andava meio quebrado, por causa do fenômeno meteorológico e o jornalista Baldissera resolveu convidar o Pafúncio para ser repórter.

Tudo certinho, salários, funções, horários, eis que o patrão faz uma pergunta difícil:

— Você dirige, né?

O Pafúncio, meio sem jeito, disse que sim, mas era mentira. Nunca tinha dirigido um carro. Sabia o que fazer, assim de observar, mas dirigir, dirigir mesmo, nunca havia feito.

Baldissera, que era um cara exigente, pegou a chave de um fusquinha branco usado para fazer as reportagens da rádio e deu a ordem:

— Amanhã, sete horas, você entra ao vivo com uma reportagem da delegacia de comarca —, que funcionava onde hoje é a cadeia pública. — Depois, vai até o Hospital São Miguel e faz um plantão de lá. Aqui está a chave do carro.

Pafúncio, que morava num prédio do lado da rádio, não dormiu a noite pensando em como fazer para dirigir o Fusca até a delegacia. Seis horas da manhã, de banho tomado, café tomado, desceu as escadarias para tentar a extrema aventura. Escolheu aquela hora porque não tinha ninguém na rua.

Colocar a marcha ré pela primeira vez na vida foi um parto. Quando conseguiu, decidiu ligar o motor. Ele não tinha nenhum traquejo com essas coisas de embreagem, etc... Ligou e arrancou. Aos pulos. O carro deu uma ré e só não entrou no bar, do outro lado da rua, porque conseguiu girar um pouco o volante e parar antes da calçada.

Passado o susto, o coração saltitando pela boca, colocou uma primeira marcha e com todo o cuidado do mundo saiu pela Duque de Caxias em direção à delegacia de polícia. Terminou o boletim e, agora, já um motorista experiente, com mais ou menos mil e 500 metros de experiência no volante, lá se foi, bem pachola, para o Hospital São Miguel.

Na volta, entregou a chave para a Marilia e foi para a redação, escrever as matérias policiais para o jornal do meio dia.

Com os dias passando, ele foi pegando o jeito e ninguém soube que ele não dirigia patavina nenhuma. Até que um dia, o Valmor, técnico de som da rádio, que trabalha até hoje, chamou o Pafúncio para um lado e falou:

— O Lei, da Lanchonete Tropicaliente, disse que tu andas driblando no trânsito...

— Como assim, Valmor?

— É. Ele disse que tu dá sinal para um lado e dobra para o outro.

O Pafúncio deu uma desculpa, dizendo que provavelmente o carro estava com problemas e passou a cuidar desse detalhe.

Um dia, já bem mais preparado, tinha 12 minutos para entrar com uma reportagem lá de Descanso, a oito quilômetros de distância. Pegou o fusquinha e saiu mandando ver pela Waldemar Ramgrab.

Num trevinho, viu uma patrola trabalhando no acesso às terras da família do chefe. Quando a patrola começou a dar uma ré, ele achou que a máquina viria para cima da pista, puxou o volante com tudo e saiu capotando num desnível que tinha junto ao trevo.

Foi um poeirão só. Quando conseguiu sair de dentro do Fusca, já estava chegando gente para ajudar. Um homem chegou perto e perguntou:

— O que aconteceu?

— O patroleiro, esse fdp, ia entrar na pista!

— Você se machucou?

— Não, não machuquei nada.

— Mas tá saindo sangue do teu rosto!

— Pafúncio coloca a mão no rosto e percebe que tinha um pequeno corte. — Me leva para o hospital!

Era o patroleiro...

Depois de uma semana, o Baldissera recebeu o Pafúncio de volta e disse que o fusquinha tinha ido para o ferro velho. Deu as chaves de outro fusquinha velhinho azul, e alertou: "cuidado que esse tá com o freio ruim".

Não deu outra.

Pafúncio saiu com o fusquinha, no dia seguinte, e bateu numa caminhonete, a caminho da delegacia. A sorte é que a caminhonete era dirigida por um menor, que não queria que chamassem a polícia.

Por via das dúvidas, Pafúncio preferiu encerrar ali a sua carreira na passagem de 1984, pela Rádio.

Dois fusquinhas destruídos em quinze dias, quase sem arranhões, é um sinal. E Pafúncio resolveu primeiro fazer uma autoescola, tirar carteira de motorista, essas coisas.